AQUARIUS

AQUARIUS

每個人心中都有一座島嶼，
藉文字呼息而靜謐，
Island，我們心靈的岸。

BRIGHT LIGHTS, BIG CITY

如此燦爛，這個城市

傑伊·麥金納尼（Jay McInerney）—著　梁永安—譯

【書評】

來自各界的盛讚！

國內名人推薦

「確實有一類年輕人，活得很尷尬，深深與世界彼此虧欠，卻又無法不繼續長大。《如此燦爛，這個城市》寫出這種青春的無敵與無力。他們距離吸毒其實遙遠，但又活得只比一杯粗釀的威士忌好一些而已。」——**高翊峰，小說家、FHM國際中文版雜誌總編輯**

「古今中外，或有一類小說稱『痞子小說』。它們看似在燈紅酒綠中散漫胡謅，實則越過無數**nonsense**（他落那麼多法文所以我也要落一下英文這樣），拋出一道燦爛篤定的眼神，直擊同類人的瞳孔。我讀著，只能不斷點頭，含淚脈脈：我就知道你都懂。」——**劉梓潔，作家**

國際媒體與名家一致好評推薦！

「這部小說熱鬧非凡、極度詼諧有趣，它更是直指核心——那是我們當代人的心靈最深處！」——**美國名家，瑞蒙・卡佛**（Raymond Carver）

「看年輕的主角如何與頹廢的自我角力，整個過程被麥金納尼寫得極其有趣。他獨特而有魅力的文字，在道德界線之外寫活了一個其實有靈魂意識的形體。這是一本令人迷眩、真誠，而且非常、非常有意思的小說！」——**美國名家，托比亞斯・沃爾夫**（Tobias Wolff）

「《如此燦爛，這個城市》，麥金納尼寫的分明是我們活在當代的大多數人，而非生活在美國曼哈頓那個年輕不得意的小子。你看他一付酷相、厚顏無恥的樣子，其實，他有顆濕潤的心靈……相當厲害的小說，讓人一讀難忘。」——**美國名家，巴里・哈拿**（Barry Hannah）

「從高中到大學畢業，以至進入職場工作，總是不停有人跟我說：『你一定要讀傑伊・麥金納尼的小說《如此燦爛，這個城市》！』……我之所以一直沒讀，正因為有太多人跟我提起它……如今，出自主動，我讀了這本輕薄的小說，卻為它大為傾心，這是我們真實的人生寫照！它如同一記重棒敲在我腦上，讓我為著能重獲看待生命的眼光而興奮不已！」——**《洛衫磯時報書評》知名評論，湯姆・迪薄利**（Tom Dibblee）

「在這麼多寫著年少輕狂、嗑藥、流行樂的小說裡，我敢說，這本小說是最好的一本。」

——**《男人與男孩》名作家，東尼・帕森斯**（Tony Parsons）

「寫的雖是一個生活頹敗、愁苦的年輕生命，傑伊・麥金納尼卻用他幽默、有力的筆調為整個小說添上無限光采與活力，也為自己在文學史贏得一個重要的位置。」——**《衛報》**

「八〇年代的重要指標之作！」——**《紐約時報》**

「簡短、節奏輕盈、饒富閱讀樂趣。看表面，似乎是在描寫一個玩樂人生、不知人世冷暖的

年輕人，但其實，那是個一時徬徨、不懂如何面對生活，卻極富思想、良善的心靈。」——**《芝加哥論壇報》**

「這本小說不僅寫出八〇年代的年輕人心聲，也是之後的世世代代都不可忽視與隨時傾聽的聲音。它也是我們人生中永遠需要的一本著作。」——**《浮華世界》**

【推薦序】

過於文學的孤獨

紀大偉（國立政治大學台灣文學研究所助理教授）

《如此燦爛，這個城市》（Bright Lights, Big City）有幾點鮮明的特色。一、它是以「第二人稱」寫成的小說；二、它幾乎是傑伊·麥金納尼（Jay McInerney, 1955）自況的對號入座小說；三、它描繪了宛如藥物天堂的一九八〇年代紐約。第一點為《如此燦爛，這個城市》在文學課本中豎立了一個紀念碑；第二點為關心美國大眾文化的讀者（尤其美國國內讀者）提供了茶餘飯後的談資；第三點為世界各地的美國愛好者（尤其美國國外的讀者）保留了一個荒淫的紐約標本。

綜合三點，《如此燦爛，這個城市》可以簡介如下：曾經就讀美國頂尖文理學院「威廉學院」（或稱「威廉大學」，王力宏也是校友）、被瑞蒙．卡佛親身指導寫作、跟時裝名模結婚的傑伊．麥金納尼，曾在美國首屈一指的藝文刊物《紐約客》上班，幾乎圓了「文青」（文藝青年）一個又一個的美夢：教育、工作、私生活通通叫人欽羨。但天下沒這麼美好的文青人生：傑伊．麥金納尼的名模妻子投奔更有本錢的男人；他在《紐約客》並非撰稿人而是為各種撰稿人「挑錯」的手民（不盡然是「校對者」，而是為各篇撰稿確認時間地點各種繁瑣細節的職員——想想在一九八〇年代還沒google可用）。好，以上是作者的親身經驗。而他寫出《如此燦爛，這個城市》：書中主人翁也娶了一個落跑的名模嬌妻，也在一家肖似《紐約客》的雜誌社擔任抓錯員，他想要寫小說投給自家老闆的文藝刊物卻一直寫不出名堂。他在「極樂紐約」的夜生活裡尋找安慰：他並不鍾情酒色財氣，而愛嗑藥。這時他還不到三十歲。工作搞砸了，妻子跑了，家人怪他冷漠。妙的是，他總可以弄出藥物來安撫親朋好友，大家也都愛嗑。不管是看作者的生活還是看他寫的小說，都可以察覺一個紙包不住火的訊息：文學之路極度孤單，免不了幻滅。

敘事者一直保持自我譴責的口吻。敘事者跟作者／作家不同：作者／作家是活在真實世界的人，而敘事者是代替作者在文本裡說故事的替身。如果作者是本尊，敘事者就是分身；如果作者是3D電影《阿凡達》內的地球人，敘事者就是「被藍化」的納美人。《如此燦爛，這個城市》敘事者並不用一般小說習見的第一人稱敘事（如「我自暴自棄」、「妻子拋棄了我」），也不用第三人稱敘事（如「他又嗑藥了」、「她忘了老公是誰」），而用第二人稱敘事（如「你真沒出息」、「你母親不愛你」）。這三種人稱敘事各有約定俗成的特色：第一人稱讓讀者覺得跟小說角色貼近；第三人稱讓讀者冷眼旁觀小說角色的起伏；而第二人稱常給人「命令、斥責」之感，遂被大部分的作者所避用。《如此燦爛，這個城市》是美國文學中少數的例外，其第二人稱的用法剛好讓讀者「跟主人翁一起」承受被唾棄的感覺。《如此燦爛，這個城市》的這個特點讓它在美國文學史上佔有一席之地。不過，老實說，各種人稱造成的效果並不像理論所說的那般強烈；大多讀者一進入小說文本之內就不會在乎究竟是第一人稱還是第三人稱在說話，而第二人稱看久了也就失去突兀感。

在美國文學「之外」，台灣熟悉的卡爾維諾應該更是第二人稱的成功運用者：在《如果在冬夜，一個旅人》中，卡爾維諾藝高膽大寫出「你現在拿起這本書」、「你看見女人走進書店」等等第二人稱敘事，至今讀起來仍石破天驚。不過對卡爾維諾而言，這種手法只是他眾多小說魔法中的一種，牛刀小試，並不足掛齒。

《如此燦爛，這個城市》第二個特點，對號入座，是個棘手的課題。我本人很不喜歡用對號入座的方法解讀文學；我相信文學是文學、人生歸人生。每次我聽到有人將《鱷魚手記》中的「鱷魚」和「我」視為邱妙津本人自況，我就愀然變色。但我也不能否認，廣大的讀者群、想要炒話題的書商、某一小部分想要尬人氣的作家就是愛看、愛寫對號入座的書，最好是把作者本人生平寫進去。我猜想曾經身為嚴肅文青的傑伊．麥金納尼本人以《如此燦爛，這個城市》成名之後一定長期抱持閃爍複雜的心情：他可能並不希望別人透過《如此燦爛，這個城市》窺視他，但當前的他不可否認已經是對號入座文化的「產品」。他以《如此燦爛，這個城市》出名之後，各界想要透過他來認識（或，來消費）一九八〇年代的紐約文化界；一九八〇年代曾有人將他和其他同輩作家稱為「文學壞男組」（literary brat pack，這聽起來像「小虎隊」），其中包括《American Psycho》（電影在台灣滿有人氣）的小說原作者。他成為紐約文壇名流（但不是大師），似乎總跟美豔名媛往來，其中最有名的女友應是瑞兒．杭特（Rielle Hunter）——瑞兒．杭特在二〇〇八年跟美國共和黨總統候選人約翰．愛德華茲（John Edwards）發生婚外情並生下孩子，是當年超級八卦題材。

我覺得這一切會讓瑞蒙．卡佛老爹偷笑吧。

第三個特點，那個再也回不來的一九八〇年紐約。那年頭，雖然紐約的男同志們已經因為愛滋出現而大幅翻修夜生活；但異性戀們似乎還夜未央：書中名模逃妻（背叛主人翁的美女）委身給愛召男娼的男同志（這讓主人翁幸災樂禍），主人翁藥友之中不乏變性人。以衛道人士之姿撲殺紐約非主流夜生活（如，時代廣場的男同志脫衣舞場等等）的朱利安尼（Rudy Giuliani，一九九四年開始擔任紐約市長）還沒上台，紐約是美國全國以至於全球各地共同想像的淫窟。今天的紐約未必輸給當年，但畢竟已經是失樂園了。《如此燦爛，這個城市》持續受到歡迎，應該主要出自於消費者對於舊紐約的鄉愁。

〈如此燦爛，這個城市〉

目錄

「你是怎麼破產的？」比爾問。

「以兩種方式，」麥克回答說，「先是慢慢破產，然後突然破產。」

——海明威，《太陽再次升起》

現在清晨六點，你知道你在哪嗎？

你不是大清早會待在這種地方的人。但你偏偏人在這裡，而且不能說你對此處毫不熟悉（你至少對它的細節還有點模糊的概念）。你人就在一家夜店裡，面前坐著一個光頭妞。這家店既不是「心碎」，也不是「蜥蜴廊」。只要你遁入洗手間，再吸一點點「玻利維亞行軍散」❶，頭腦說不定就會靈光起來。不過這一招也許不會管用。你腦子裡有一個小小的聲音堅稱，你之所以老是不靈光，正是一直靈光過了頭的緣故。夜已經在不知不覺中，溜過了凌晨兩點與清晨六點之間的支點。你知道那一刻已經來過又走掉，卻還不願意承認你整個人已經完全潰散，而你舒張開的

❶ 玻利維亞古柯鹼的暱稱。

神經末梢也已經麻痺。你本來可以在更早之前選擇停損，但你卻騎著一線白色粉末構成的流星尾巴馳過了那一刻，以致現在只能設法抓到最後一根稻草。此刻，你的腦子是由一旅的玻利維亞小士兵所構成，他們因為一夜行軍而疲憊不堪，滿身泥濘。他們的靴子破了洞，肚子咕咕叫。他們需要進食。他們需要「玻利維亞行軍散」。

四周的風光有點原始部落的況味：搖搖擺擺的首飾、濃妝豔抹的臉、誇張的頭飾和髮型。你還感受到這裡穿插著拉丁美洲主題：你的血管裡不只有水虎魚游來游去，而馬林巴琴的餘音也在你腦子裡繚繞著。

你挨在一根柱子上。你不知道這柱子是不是建築結構的一部分，但它卻斷然是維持你直坐姿勢所不可少的。那光頭妞正在說：這裡在那批王八蛋發現以前原是個好地方。你不想跟這個光頭妞說話，甚至不想聽她說話，但你卻不想去測試語言的力量或移動的力量。

你是怎麼會來到這裡的？是泰德．阿拉格什帶你來的，到了之後他便不見人影。泰德是大清早會待在這種地方的人。他要嘛是你的好自我的反映，要嘛是你的壞自我的反映，但你不確定是何者。剛入夜的時候，他看來儼然是你的好自我的反映。你倆先是在上東區逛夜店、喝香檳、在無限的機會中尋尋覓覓，並在過程中嚴守阿拉格什的行動原則：不停地換地方，每一站只喝兩杯。泰德的人生使命是要過得比紐約市任何人都更快活，而這表示你們得要不停地移動，因為下一站總是有可能比上一站更能讓人快活。他堅決否定人生有比尋歡作樂更高的目標，而這讓你又敬又畏。你想向他看齊。但你同時認為他這個人膚淺而危險。他的朋友全都有錢且嬌生慣養，他堂哥就是一個例子。這個堂哥昨晚稍早和你倆一起喝酒，但稍後卻不肯陪你倆往第十四街以西的方向移動，理由是（他說）他沒有低等生活的簽證。他女朋友有一副足以刺碎你心臟的顴骨，而你知道她是個貨真價實的王八蛋，因為她從頭到尾都把你當成空氣，拒絕承認你的存在。所以，她的各種祕密（擁有幾座島、幾匹馬和法語發音標不標準）都是你永遠不可能知道的。

光頭妞的頭皮上有一道疤痕狀的刺青，看起來就像縫合過的長長刀疤。你告訴她這刺青很寫實。她把這話當成恭維，向你道謝。但你只是把「寫實」當成浪漫的反義詞使用。

「我的心臟也合該紋一道這樣的東西。」你說。

「我可以給你刺青師傅的電話，收費便宜到會嚇你一跳。」

你沒告訴她，如今已經沒有任何事可以嚇你一跳。她的聲音就是一個例子：這聲音活像是用電動刮鬍刀演奏的紐澤西州州歌。

光頭妞是你一個煩惱的縮影。這煩惱就是：出於某種理由，你總是以為你會在這種地方的這個鐘點碰到一個不會在這種地方這個鐘點出現的女孩。真給你碰上的話，你將會告訴她，你真正嚮往的是住在一棟有花園的鄉間房子裡，因為你對紐約的一切（包括它的夜店風光和它的光頭妞）已厭倦得無以復加。你會出現在這裡，只是為了測試自己的忍耐極限，以提醒自己你不是那種人。在你的認定，你是那種喜歡星期天一大早便起床的人，起床後會外出買一份《紐約時報》和幾個牛角麵包。一面吃早餐一面看報的時候，你會掃描「藝術與休閒版」，看看有哪個展覽值得參觀（例如在大都會博物館舉行的哈布斯堡王朝服裝展，或在亞洲學會舉行的室町時代漆器展）。然後，你會打電話給你在星期五晚上出版界餐會認識的一位女孩，問她想不想一起去看展覽，不過你會等到十一點才打電話，因為她也許不像你是個早起的人。另外，她前一晚也可能上過夜總會，很晚才睡。你倆也許可以在參觀展覽以前先打兩局網球。你不知道她打不打網球，但她當然會打。

真給你碰上那個不會在這種地方這個鐘點出現的女孩的話，你將會告訴她，你正在逛貧民窟，正在出於好玩而造訪你自己那個清晨六點鐘的下東區靈魂，並動作敏捷地在一堆堆垃圾之間應和著腦子裡歡快的馬林巴琴旋律踏步。好吧，「歡快」不是精確的形容，但她自會了解你的真正意思。

另一方面，幾乎任何女孩（特別是頭髮齊全的）都可以幫助你擋開這種悄悄入侵的死亡感。你記起了你身上還有「玻利維亞行軍散」，意識到你還沒有輸得一敗塗地。不會有這種事的，荷西，門都沒有！但你得先把光頭妞給打發掉才行。

洗手間裡的單間都沒有門，讓人行事起來很難安心。但明顯的是，你不是這裡面唯一需要補充燃料的人。窗戶都是封死的，店家這種貼心舉動讓你滿懷感激。

起步走，一，二，三，四。那些玻利維亞士兵全都又站了起來，用跑的組成了隊形。他們有些人在跳舞，而你無法不跟著他們起舞。

一出洗手間你便瞄到一個合你意的：她個子高，深色皮膚，單獨一人，半張臉被舞池邊緣的一根柱子遮住。你逕向她走去。當你碰碰她肩膀時，她彈了起來。

「想跳舞嗎？」

她看你的樣子就像你邀她接受強暴。當你再問一次的時候，她說：「我不會英語。」

「Français（法文：法國人）？」

她搖搖頭。為什麼她看你的眼神就像你兩個眼窩裡各住著一隻狼蛛？

「妳不會剛好是玻利維亞人吧？還是祕魯人？」

她左右張望，想找人搭救。這讓你回憶起，前不久你在「丹斯提利亞」（還是「紅鸚鵡」？）向一個女小開搭訕時，她保鏢的誇張反應嚇得你趕緊退後一步，舉起雙手。

那些玻利維亞士兵仍然站著，但不再大唱軍歌，也停止了跳舞。你意識到自己去到了一個士氣存亡的關口。你需要泰德．阿拉格什給你來一通精神訓話，但他卻無處可尋。你設法想像他會說些什麼：**騎回馬背上去，現在才真正需要找些樂子**，諸如此類。你忽然明白，他一定是已經跟某個有錢的騷貨搭上了，回到她第五大道的家。兩人從一些明朝的深花瓶裡挖出上好的古柯，再撒在彼此的裸體上吸服。你恨泰德．阿拉格什。

回家吧，停損吧。

留下，勇往直前。

§

今晚你是個聲音的共和國。不幸的是，這共和國是義大利。所有聲音都揮舞著雙臂，向彼此尖叫。有一個聲音是來自梵諦岡：懺悔吧，你的身體是上帝的聖殿，而你正在褻瀆它。畢竟，今天是星期天早上，而只要你腦子裡還殘存著腦細胞，便一定會有嘹亮的男低音歌聲從你童年的大理石拱頂傳來，提醒你今日是主日。你需要的是買另一杯貴死人的酒把這歌聲淹沒。但經過一番搜索後，你從各個口袋裡只找到一張一美元鈔票和一些零錢。先前，為了來這裡，你付了二十美元的計程車車資。你開始恐慌了起來。

你看見舞池邊坐著另一個女孩，而從長相來研判，她是可以讓你得到塵世救贖的最後一個機會。你知道，因為你好死不死忘了帶太陽眼鏡（但你當初又怎麼知道自己會鬼混到天亮！），所以假如你是一個人離開夜店，外頭刺目和純潔得像天使的陽光將會把你化成一堆骨血。死亡將會透過你的視網膜把你刺穿。但那個穿錐形褲的女孩卻可以救你一把。她留著一根向一側繞的復古馬尾辮，是那種你樂於在遊戲到這麼晚階段找到的候選人，相當於性方面的一客速食。

當你邀她跳舞時，她聳了聳肩，點了點頭。你喜歡她的肢體動作，喜歡她那橢圓形、油油的屁股和肩膀。跳完第二首歌之後，她說她累了。你問她需不需要來一點「提神劑」，她聽了像是被雷擊中。

「你有古柯？」她問。

「史提夫・汪達❷是瞎子嗎？」

她拉住你的手臂，把你帶到女廁。吸過兩調羹之後，她似乎覺得你還算順眼，而你也覺得自己非常討人喜歡。她又再吸了兩調羹。這個女的有個吸力像吸塵器的鼻子。

「我喜歡禁藥。」她在你們走向吧檯的時候說。

「這是我們的共通之處。」你說。

「你有沒有注意到，所有可愛的單字都是以字母D開頭？要不就是以L開頭。」

你設法思考這話，不太確定她的用意何在。玻利維亞士兵正在唱著軍歌，但你想不出來有哪些可愛單字是以D開頭。

「比方說drugs（禁藥）、delight（開心）和decadence（頹廢）。」她說。

「Debauchery（放蕩）。」你說，開始跟得上她的步調。

「Dexedrine（德克西得林）❸。」

「delectable（美味的）。deranged（瘋狂的）。debilitated（疲憊不堪）。」

「delirium（精神亢奮）。」

「換L字頭的，」她說，「lush（奢華的），luscious（甘美的）。」

「languorous（無精打采的）。」

「Librium（利眠寧）❹。」

「libidinous。」

「那是什麼意思？」她說。

「性急難耐（horny）。」

「呃。」她說，越過你肩膀投出一個弧形的長長凝視。她的凝視讓你聯想到一扇正在關上的淋浴間磨砂玻璃門。你知道遊戲已經結束，只差不知道你是犯了哪條遊戲規則。也許是她討厭H字母開頭的單字。好個清教徒。她掃視舞池，想

❷美國盲人歌手。

❸中樞神經刺激劑。

❹一種安眠藥。

找到一個識字量與她旗鼓相當的男人。這時你想到了更多以D開頭的單字，例如detumescence（消腫）。還有drowning（遇溺）和depressed（憂鬱）。再來還有以L開頭的：lost（失落）和lonesome（寂寞）。你不準備懷念這個把decadence和Dexedrine視為詹姆斯王英語最高境界的女孩，但她的皮膚觸感卻讓你留戀，而她的聲音也至少像個正常人……你知道，外面的破曉陽光裡有一座煉獄在等著你，會在你亟需睡眠的頭蓋骨上滴下油脂火。

那女的揮了揮手，然後消失在人群裡。沒有另一個女孩（那個不會出現在這種地方的女孩）的蹤影，也沒有泰德．阿拉格什的蹤影。那支玻利維亞士兵開始不耐。你無法阻止他們發出譁變的聲音。

走入早晨日光下的感覺比你原先預期的還要糟。刺目的陽光就像是媽媽的責備。行人道的反光耀目得殘忍。你整個人都暴露在外，無所遁形。在斜照的日光下，下城區的倉庫顯得靜謐、安詳。一輛開往上城區方向的計程車經過，你向它揮手，但隨即想起自己一文不名。車子停了下來。

你慢跑過去，向車窗探身。「我看我還是走路算了。」

「渾球。」司機罵了一句之後開走。

你開始向北行，舉起一隻手遮在額上。一輛輛貨車在赫德遜街隆隆開過，把各種補給品帶進還在沉睡的城市。你轉而向東，去到第七大道時看到一個滿頭髮捲的老女人在遛一頭德國牧羊犬。那狗本來正在用鼻子拱人行道上的裂縫，但當你走近的時候，牠突然靜止不動，擺出高度警戒的姿勢。老女人看你的眼神，彷彿你是剛從海上的油污裡爬出來。牧羊犬從喉頭發出微微怒吼。「乖，普基，別動。」那狗想要有所行動，但被女主人拉住。你對他們敬而遠之。

在布利克街，你聞到了那家義大利烘焙坊的香味。你站在布利克街和科妮莉亞街的十字路口，張望一棟出租公寓四樓的窗戶。窗戶後面是你和阿曼達初來紐約時住過的公寓。公寓小而暗，但你喜歡它那個造工不完美的壓錫天花板、廚房裡那個有四隻獸爪的浴缸，和那些與窗框不太貼合的窗子。你那時剛有了工作，可以繳得起房租，而附近也有你最喜歡的餐館：餐館的女侍應叫得出你倆的名字，而且容許你倆帶自己的葡萄酒來用餐。每天早上，樓下烘焙坊出爐的麵包香氣都會把你挖醒。起床後，你會下樓買份報紙和兩個牛角麵包，而阿曼達會把咖啡煮好。那是兩年前的事，當時你倆還沒結婚。

§

走過「西區公路」的時候，你看到一個穿高跟鞋和裙子的妓女，她那孤零零一個人苦苦來回踱步的樣子，就像知道今天不會有打紐澤西而來的通勤者穿過隧道。然而待你走近，才發現那是個穿女裝的男人。

你穿過老舊高架公路的生鏽支柱下方，去到突堤。從東方而來的日光在哈德遜河的寬闊河面飄動著。你小心翼翼，往霉爛突堤的末端走去。你的腳步不是很穩定，而突堤面蝕穿了一些破洞，看得見底下發惡臭的黑色河水。

你在一個垛上坐下，眺望哈德遜河。下游處，自由女神像閃耀在薄霧之中。河對岸佇立著一個巨大的「高露潔」廣告招牌，歡迎你進入花園之州紐澤西。

你目送一艘垃圾駁船肅穆前進，在一群尖叫海鷗的簇擁下向大海駛去。

你再一次來到這裡，再一次搞砸一切又無處可去。

事實查證部

星期一按時抵達。你睡掉了它開頭的十小時。星期天發生過什麼事只有天曉得。

你在地鐵月臺等了十五分鐘。最後，一列滿布塗鴉的慢車慢吞吞開進了車站。你找了個座位，打開一份《紐約郵報》來看。《紐約郵報》是你許多癮頭之中最丟人的一種。你痛恨自己每天花三十美分支持這種垃圾，卻又暗地裡迷上它的各種專欄：「殺人蜂」、「英雄條子」、「性成癮者」、「樂透贏家」、「少年恐怖分子」、「莉茲·泰勒」、「活生生的噩夢」、「另一個星球的生活」、「神奇食譜」和「昏迷寶寶」。「昏迷寶寶」這天登在第二版，標題是「**昏迷寶寶的姊姊呼籲：救救我弟弟**」。圖畫中的女孩四、五歲，淚光泫然。她媽媽是個孕婦，因為出車禍而躺在醫院裡，迄今已昏迷了一星期。這幾天來，《紐約郵報》讀者的最大懸念便是「昏迷寶寶」最終會不會看得見產房裡的燈光。

地鐵搖搖晃晃朝第十四街開去，途中在隧道裡停下來休息了兩次。當你正在讀有關莉茲．泰勒新男友的描寫時，一隻髒兮兮的手拍了拍你肩膀。你用不著抬頭便知道對方是個社會傷員，是本市的ＭＩＡ❺之一。你很願意施捨他幾兩銀子，但其他乘客那些長距離的目光讓你神經緊張。

你在那人第二次拍你肩膀時抬起了頭。他的衣服和頭髮都頗為整齊，看似是最近才偏離社會規範，但他眼神茫然，嘴巴惡狠狠地念念有詞。

「一月十三是我生日，」他說，「到時候我就二十九歲。」不知怎地，他的聲音就像是威脅著說要用鈍器殺你。

「很好。」你說，然後低頭繼續看報紙。

當你第二次抬頭，他已走到車廂中間，專心致志地看著一家商業訓練學校的廣告。然後，就在你還看著他的時候，他突然往一個老太太的大腿坐下。老太太想要起身，但被他牢牢壓著。

「抱歉，先生，你坐到我身上了。」她說，「抱歉，先生，請你讓開。」車廂裡幾乎每個人都在看著這一幕又假裝沒看見。那男人雙手抱胸，把背靠得更後。

「先生，求求你挪開。」

你覺得難以置信。車廂裡有六個身強體壯的男人，全都離老太太只有吐一口痰的距離。你本想跳起來干涉，但又認定某個坐得更近的人一定會採取行動。老婦人低聲嗚咽。隨著一分一秒過去，你愈發難以站起來，因為你愈遲站起來，便愈會讓別人注意到一件事情：為什麼你沒有更早行動。你只盼著那個男人會自動站起來，放過老太太一馬。你想像《紐約郵報》會出現這樣的新聞標題：**老奶奶被一個瘋子坐扁，一群窩囊廢袖手旁觀。**

「求求你行行好，先生。」

你站了起來。同一時間，那男人也站了起來。他拍了拍身上的大衣，走到車廂的遠端去。你愣在那裡，感到自己一副蠢相。老太太拿出紙巾擦眼淚。你很想過去問問她要不要緊，但又想到現在才做這個已經了無意義。你重新坐了下來。

你在十點五十分到達時代廣場。第七大道的日光害你不斷眨眼。這裡的陽光實

❺指在作戰中失蹤的士兵。

在太超過了。你伸手摸索太陽眼鏡。你打第四十二街走過，穿過人肉區。每天都會有同一個老頭在這裡反覆吆喝：「妞兒、妞兒、有妞兒，來看看貨色，來看看貨色。各位先生，免費參觀。來看看貨色，來看看貨色。」他的用字和韻律從不改變：蛇女卡拉、調皮蘿拉、火辣真人秀——妞兒、妞兒、有妞兒。

在四十二街等紅綠燈時，你在電燈柱上有如各種野葛般糾纏的單張之間看到一張新貼的海報，標題寫著「**尋人啟事**」幾個字。面對你的女孩露齒而笑，看樣子大約是個大學新鮮人。你讀了內容：**瑪麗·奧布莉安·麥肯，紐約大學學生，碧眼、棕髮，最後被人看到是在華盛頓廣場公園一帶，當時穿著藍色套頭毛衣和白色女罩衫。**你的心沉了下去。你想到她那些淚眼泫然的親人，就是他們用手寫出了尋人啟事，貼在這裡。他們八成永遠不會知道失蹤的女孩碰到了什麼壞事。綠燈亮起。

你在街尾買了一個甜甜圈和一杯外賣咖啡。這時是十點五十八分。地鐵拋錨這個藉口已經被你用殘用舊了。你也許可以考慮告訴克拉拉，你會遲到是因為上班中途參觀了一下蛇女卡拉，被她的蛇給咬到。

走入大廈的大廳時，你的胸口因為預期心理而緊繃，喉嚨也發乾。以前你每逢星期一走進學校都有這種感覺。你因功課沒做完而害怕，也擔心午餐時會不知道要坐哪裡。雖然你每一年都換一所新學校，仍然於事無補。走廊的淡淡消毒水氣味和老師的臭臉都讓你反胃。不知怎地，你現在的頂頭上司克拉拉．蒂林哈斯特長得就像你四年級的惡班導——那班導是個看不出年紀的紀律主義者，認定所有小男生都邪惡，而所有小女生都輕佻，唯一救藥是把正確知識像釘釘子那樣，釘進他們橡木般的死硬腦子裡。克拉拉．蒂林哈斯特（外號「克林法斯特」❻）就像管理一班正音班那樣管理著「事實查證部」，而你近日並沒有得到多少顆金色小星星❼。你是靠著咬牙苦撐才捱到現在。如果「克林法斯特」作得了主，你早被掃地出門，不過本雜誌社素來有一個傳統，那就是死不認錯。相傳，這裡從沒有炒魷魚的事例：就連一個把兩齣百老滙歌劇搞混的影評和一個一篇五千字文章也都獲得從輕發落。這裡很像常春藤聯盟（它的員工大部分也是來自這個聯盟），或是說很像一個諱莫如深的新英格蘭世家大族，從不會把自己的家醜外揚，讓別人知道它有一個最不長進的子弟。不過，因為你充其量只算這家族的遠房子姪，所以，如果家族在一個偏遠

❻克林法斯特（Clinghast）這個字有「死纏不放」的意思。

❼金色小星星是小學老師給學生的獎勵標誌。

和瘧疾為患的殖民地有什麼生意，你早早便會被外放到那裡去（但不會給你帶著金雞納❽）。你犯過的過錯車載斗量。你固然不太會去特別記這些過錯，但克拉拉卻把它們一一記錄在案，收在一個檔案抽屜裡，不時拿出來重溫一遍。克拉拉有著鋼製老鼠夾般的意志，心腸則硬得像是煮了二十分鐘的水煮蛋。

電梯操作員魯西歐向你說了聲早安。他是西西里人，在這裡工作了十七年。只要接受一星期的訓練，他大概就能勝任你現在的工作，而你則會被改派去整天盯著電梯開上開下。這時，電梯箭也似地把你送到二十九樓。你對魯西歐說再見，然後對接待員莎莉說早安。莎莉是所有員工中唯一有低階層口音的。她住在紐約外圍一個區，天天上班都需要取道一條橋或隧道。一般來說，這裡的人是靠喝英國「唐寧牌」早餐茶斷奶的，而克拉拉則是在念瓦薩爾學院時苦練出洪亮的母音和空手道手刀似的子音。她對自己出身內華達州的背景非常敏感。本社的編制內寫手當然是另一回事：他們有些是外國人，而且其中一些極不愛交際，喜歡在奇怪的鐘點出入他們位於三十樓的小小辦公室，總會等到晚上才把稿子從門縫下面塞進來；又如果他們在走廊裡遠遠看見你，便會馬上躲到附近一間無人的辦公室去。他們之中最神祕的是一個外號「幽靈」的人，據說為了寫好一篇稿子已經寫了七年。

編輯部占了兩層樓。行銷部和廣告部位於幾層樓之下，而這種分隔是為了強調藝術部門和商業部門的絕對彼此獨立。行銷部和廣告部的人穿西裝，說的是一種不同的語言，辦公室地板鋪地毯，牆上掛著平版畫。根據不成文的規定，你不應該與他們聊天。在你所工作的高樓層，空氣稀薄得無法支撐寬幅地毯，只能以衣衫襤褸的風格來表現自負。如果你把鞋擦得太光亮或老是把褲子燙得太服帖，就會讓人懷疑你穿的是義大利貨。編輯部的空間格局猶如分租給囊鼠居住的公寓大樓：每間個人辦公室都像囓齒動物的洞穴大小，走廊寬度僅夠兩個人迎面錯身而過。

你踩著油布地毯去到「事實查證部」。克拉拉的辦公室隔著走廊與「事實查證部」面對面。這辦公室的門幾乎總是開著，好讓任何進出「事實王國」的人都逃不過她的法眼。她當然喜歡有自己的隱私（隱私代表著榮譽和特權），但在魚與熊掌不可兼得的情況下，她大都是選擇以一雙利眼盯緊自己的地盤。

今天早上這扇門大開著，讓你別無他法，只能在胸口畫十字，再打它前面走過。你走進查證部前用眼角餘光瞄了她的辦公室一眼，裡頭沒人。除了哈伯德，你

❽可治瘧疾的藥物。

的所有同事都已各就各位。哈伯德去了烏茲口查證一篇有關龍蝦養殖的報導。

「早安，各位無產者同仁。」你說，快步走到自己的座位。事實查證部占有雜誌社最大的辦公空間。如果象棋隊有一個專用更衣間的話，樣子大概就會像這裡。辦公室一共有六張書桌（一張留給編制外寫手使用），牆上擺著一排排共幾千本的參考書。每張書桌都鋪著灰色的油布地氈，地板上的油布氈則是棕色。書桌的擺設位置反映著一種絕對的階層制：離克拉拉辦公室最遠和離窗戶最近的一張書桌，是提供給最資深的查證人員使用。你自己那張書桌就在門旁邊，後面是一排排書架。不過，一般而言，查證部的氣氛民主而融洽，沒有人會擺架子。對雜誌社表現出狂熱忠誠是本社各部門的守則，但這守則在查證部裡卻受到了「部內忠實」所柔化：大家都有一種同仇敵慨的意識。因為如果一篇文章刊登後發現內容有失實之處，那會被釘十字架的不是寫手，而是負責查證該文章的查證人員。不過這個人不會被炒魷魚，只會被申斥，大概還會降職到收發室或打字房。

有十四年查證資歷的同事里騰豪斯向你點點頭，道了聲早，看來神情凝重。你懷疑，這表示克拉拉已經找過你了，換言之，最後一根稻草已經徐徐落下中。

「克拉拉進來過了嗎？」你問。他點點頭，然後紅著臉低頭看自己的蝴蝶領結。里騰豪斯有一點點喜歡看你出糗，但又會忍不住為此有罪惡感。

「她看來很不高興。」他說，然後補上一句：「但這只是我的感覺。」這個補充再次證明他具有專業上的謹慎。里騰豪斯有大半輩子是花在讀這時代最優秀的一些文學和報導作品，但目的只有一個：把「事實」的部分和「主觀」的部分區隔開來，再把後者棄如敝屣。積滿灰塵的書冊、微縮底片和越洋電話電纜是他查證事實的憑藉。他是一個世界級的偵探，但他的敬業精神讓他變得謹言，就像有一個目光炯炯的克拉拉·蒂林哈斯特就站在他的腦幹上，隨時準備好對他那些未經驗證的言論來一記當頭棒喝。

離你最近的同事野洲·韋德正在查證一篇科學文章。這是一個得寵的表徵，因為克拉拉一般都會把科學性作品留給自己查證——這種查證工作的要求最苛，也最能帶來成就感。韋德正在通電話。「好吧好吧，」他說，「但微中子跟文章的其他部分有什麼相干的？」韋德自小在一個空軍基地長大，後來才逃到了本寧頓和紐約。他說起話來像個陽光地帶❾的娘娘腔，發鼻音時會有點口齒不清，偶爾會把 r

❾陽光地帶是美國的南部和西南部。

音和1音搞混（特別是在說president-elect這個字的時候）。他媽媽是日本人，爸爸是出生於休斯頓的空軍上尉。兩人是在美國占領日本期間結婚，而野洲．韋德則是他們一個最不像的結晶。他喊自己為「黃色的極品」。韋德這個人喜歡糗你，但糗你的同時也總有辦法讓你莞爾。他僅次於里騰豪斯之後，是克拉拉的第二號愛將。韋德總是自自然然就能融入四周的環境，變得像是看不見似的。

「你姍姍來遲啊。」他掛上電話之後對你說。「這不是辦法，事實是不等人的。就格林威治標準時間來說，姍姍來遲是錯誤的一種。根據格林威治標準時間，現在是十五點十五分，換算為『東岸節約日光時間』的話（這是這裡大部分人遵守的時間），則是十一點十五分。這辦公室的開工時間是早上十點，換言之，你是晚了一小時又十五分。」

事實上，事情並沒有韋德所講的那麼絕對。為了顯示高人一等，克拉拉都是在十點十五分至十點三十分之間上班，所以，只要你能夠在十點半之前就定位，基本上便是安全的。問題是，你總有辦法每星期至少錯過這條底線一次。

「她pissed（發火）了嗎？」你問。

「我不會這樣形容。」韋德說，「我比較喜歡用英國人的方式來理解pissed這個單字，就是把它用作『醉倒』的口語同義詞。舉個例子來說：勞瑞筆下的領事曾經在夸恩納華克因為喝麥斯卡爾酒而pissed❿。希望我沒有把夸恩納華克這個字給念錯。」

「你拼得出來嗎？」

「當然。不過讓我們回到原先的問題：對，克拉拉是有一點點光火。她對你感到不悅，又或者應該說，她因為你印證了她最壞的預期而感到高興。換作我是你……」說到這裡，他忽然望了望門口，接著說：「換作我是你，我就會轉回身去。」

克拉拉就站在門口，樣子像維可．艾文斯在經濟大蕭條時期拍到的人物：燧石似的臉，眼神裡充滿猜疑。她是光圈的守護者，是第二版《韋氏大字典》的女大祭司，有著一雙鷹眼和一個小獵犬般的鼻子。她用一種足以碎石的眼神瞧了你一眼，然後退了出去。看來，她是準備要讓你先忐忑不安一陣再對付你。

❿勞瑞（Malcolm Lowry, 1909-1957）：英國詩人和小說家，他的小說《火山下》講述一個嗜酒的英國領事在墨西哥小鎮夸恩納華克（Quauhnahuac）的遭遇。

你低頭從書桌抽屜找出一管「維克斯」通鼻劑，想要在結冰的腦袋裡犁出一條路。

「鼻竇炎的老問題還沒好啊。」野洲．韋德說，給了你心照不宣的一望。他以自己能趕在潮流尖端為傲，但他為人太謹慎，以致不敢做任何危險或骯髒的勾當。你固然懷疑過他的性取向，但終歸只是懷疑，並沒有事實根據。他喜歡拿一些熱門八卦去貼別人的冷屁股，總是不厭其煩地告訴你誰正在跟誰睡。這倒不是說你會介意。而上星期被傳睡在一起的是大衛．鮑伊和雷尼爾王妃。

你設法靜下心來處理一篇報導法國選舉的文章。你的任務是確保文章裡沒有事實性錯誤和拼寫錯誤。在目前的個案，事實性的陳述是那麼啟人疑竇，在在要把你吸進一些巨大的詮釋空間。寫手（他本來是負責寫餐館評論文章）盡情揮灑他對形容詞的愛好和對名詞的藐視。他形容一個內閣部長是「多瘤的」，又形容一個崛起中的社會主義者是「微棕色」。你相信，「克林法斯特」交這篇東西給你查證，是為了讓你自行了斷。她知道這文章一塌糊塗，八成也知道了你在履歷上自稱法語流利是個彌天大謊。要搞定這文章需要打許多通電話到法國，而你上星期才惹惱了很多不同的次部長和他們的助理。另外，出於私人理由，你目前不想打電話到巴黎或是說法語，或是想到那個鳥地方。這理由與你太太有關。

你根本不可能查證得了文章裡提到的每件事，也不可能用一種優雅的方式承認失敗。現在，你只能祈禱作者自己多少做過一些查證，以及祈禱克拉拉不會像平素一樣，用她有剃刀梳齒的梳子把校樣爬梳一遍。

她為什麼會恨你呢？當初錄用你的不就是她嗎？事情是從什麼時候開始變調的？她嫁不出去並不是你的錯。自從你經歷過婚姻的珍珠港事變之後，你便開始明白，孤枕獨眠是可以解釋許多怪誕和不可理喻的行為的。有時候你會想要告訴她：**噯，我知道那是什麼樣的感覺**。因為你在哥倫布市郊外一間鋼琴小酒吧撞見過她，當時她一個人捧著酒杯，等著誰來搭訕。而當她開始處處針對你之後，你曾經想對她說：**何不乾脆承認妳心裡有痛？**不過，到你明白這個道理時已為時太晚。她只想要你消失。

也許，這一切是從約翰．唐利維寫的書評開始的，那書評是他得了第二座普立茲獎之後的小試牛刀。那時你進入雜誌社才幾星期，而克拉拉又剛好要休一星期的假。書評在事實查證部被認為是輕量級的東西，所以克拉拉便把唐利維的書評留給你來處理。出於天真無知，你不只修正了稿子裡偶爾會引錯的引文，還對文章的文體提了一些修改建議，並就作者對所評之書的詮釋提出了若干疑問。弄好之後，你把校樣交出，高高興興地回家去。好死不死，校對的流程出了差錯，送去給唐利維過目的不是編輯處理過的稿子，而是你處理過的稿子。那編輯是個有點嫩的女孩，才剛從耶魯大學畢業（在耶魯編過校刊），對於自己有機會能夠親近唐利維大感榮幸。她在看過你的校樣之後又驚又怒，把你召去她的辦公室，對你史無前例的行徑大加撻伐。**竟然敢改動約翰・唐利維的文體！真是可怕，不可思議！你只是個區區的資淺查證人員。如果你有念過耶魯，也許就會學到點何謂禮貌。**就在她苦思要怎樣向唐利維解釋的時候，唐利維卻打來電話，表示欣賞你的建議，並說他已經根據你的建議做出了多處修改。這內幕消息是接線生告訴你的，他聽了兩人的談話。但那女編輯自此不再跟你說話。克拉拉回來上班之後也是訓了你一頓，內容和那個女編輯差不多，但又加上一句，說你已經讓她本人和整個查證部蒙羞。當期雜誌出來之後，你看到你最好的建議全都受到採納，讓你不無一點成就感。但克拉拉對你的溫暖母愛卻至此結束。

就像是要印證克拉拉的指責有理似的，你最近的工作表現不再是無疵可尋。然而這工作本來就與你的性情氣質不合。你試了又試，但就是無法相信自己做著的是上帝的工作，甚至無法相信那是一份人做的工作。電腦的發明不就是為了讓我們可以從這一類乏味的苦差事中得到解脫嗎？

事實上，你想要進的不是什麼事實查證部，而是小說部。你曾謹慎地表達過這意願好幾次，只不過小說部已經多年沒有出缺，讓你無從換起。查證部的人習慣小覷小說，認為小說只是一堆沒有事實骨架支撐的血肉。他們的普遍觀感是小說已死，至少是已經變得無足輕重。不過，要你選，你卻寧取貝婁⓫寫的一篇新小說，而不是一篇報導共和黨代表大會的文章。雜誌刊登的所有小說都要經過查證部，但由於除了你以外沒有人願意處理小說，你便把這方面的工作全攬下來，進行例行的查證：例如，如果一篇以舊金山為背景的小說裡出現一個叫菲爾·多克斯的神經病，你便得翻開舊金山的電話簿查一查，以確保該市沒有一個同名同姓的人，免得雜誌社吃上毀謗官司。所以，小說的查證目的與查證事實相反，是要查證故事沒有在無意中與真人實事雷同。這樣的工作讓你有時會讀到一些不錯的小說。起初，「克林法斯特」對於你自願承擔一份沒人願意幹的差事感到高興，但後來卻責怪你

⓫指索爾·貝婁（Saul Bellow），美國著名作家，一九七六年諾貝爾文學獎得主。

把太多時間花在處理小說上面。你被看成是「事實王國」裡的一條懶蟲。另一方面，小說部的人又不太樂於聽到你指出他們的小說犯了哪些事實性錯誤：例如，有一篇涉及假餌釣魚法的小說提到，奧勒岡州某條溪的釣客使用「鄧斯」假餌來釣魚，但事實上，當地人從不會用這種假餌⓬。所以，在小說部的人眼中，你又成了一個來自迂腐國度的大使，不請自來又不受歡迎。小說部的編輯沒好氣地問你：「那麼，該死的奧勒岡州到底是用什麼鬼假餌？」你回答說：「其中一種是『鮭蠅』假餌。」這時你很想大聲告訴他：這是我的分內工作！我自己又何嘗喜歡這工作！

梅根．埃弗里走到你的書桌，拿起野洲．韋德在你上次生日時送的一幅鑲框刺繡。那是他親手製作，上面還繡了兩句歌詞：

事實全來自觀點角度
事實不幹我想讓它們幹的事情

——「臉部特寫」合唱團

收到這禮物時，你不太知道你是應該感激韋德為你花這個時間，還是氣他暗諷你缺乏專業。梅根問你：「你最近一切都好嗎？」你說你沒什麼可抱怨的。「真的？」她繼續追問，讓人感覺這世界真有誠懇這回事。為什麼你一直沒有對她推心置腹呢？她比你年長也比你有智慧。你不確定她多大年紀：她看起來沒有一個特定年紀。要你形容，你會形容她是有吸引力的，但她的個性是那麼的真誠和務實，讓你很難覺得她是有性別的生物。結過一次婚的梅根，樂於幫助朋友度過他們的很多災難。你欣賞她。你並不認識太多體貼的人。也許你可以考慮找她一起吃午餐。

「我一切都好，真的。」你說。

「那篇法國東西有需要人幫忙嗎？我目前並不太忙。」

「我想我處理得來。謝謝。」

這時，克拉拉出現在查證部的門口。她向你頷首示意。「我們決定把那篇法國文章提前一期刊登。這表示我需要你今天下班前便把它弄好，放在我的辦公桌。明天下午便要結案。」她頓了一下。「你弄得來嗎？」

⑫用什麼假餌釣魚有時須考慮在地魚類的習性。

沒有一絲弄得出來的機會，而你懷疑她也知道這一點。「我今晚會直接把稿子送校對，省去妳的麻煩。」

「放在我的辦公桌。」她說，「有需要別人幫忙的話，現在就告訴我。」

你搖搖頭。要是她看到你的校樣是什麼模樣，你就死定了。你沒有遵守程序。你在該用鉛筆做註記的地方用了鋼筆，在該用紅鉛筆之處用了藍筆。你在頁邊寫了一些電話號碼，又不小心地讓校樣沾了幾個咖啡杯印。總之，你做了一切〈事實查證手冊〉叫你別做的事。現在，你必須找一份乾淨的校樣，重新做起。克拉拉對程序一向看得很重。

面前的工作讓你起床時感受到頭疼復活過來。你已經精疲力竭，只有八天的蒙頭大睡可以讓你恢復過來。也許還需要一船的行軍散才能幫助你熬過這個磨難。但光是面對這工作便超過你的能耐。你應該對提前刊登的決定表示抗議。為什麼沒有人先問過你那篇東西是不是幾乎已經可以出貨呢？就算你會說法語，查證這東西也需要好幾天時間。要不是害怕克拉拉檢查你的校樣，你當時大概就會抗議。

如果你是日本人，這會是個應當切腹的時候。切腹前應該先寫一首告別詩歌，哀嘆櫻花的易凋和青春的短暫，然後用裹住白綾的刀刃直插腹部，插入後把刀鋒往上推，再向右切過你的胃腸。可千萬別嗚咽或流露出痛苦的表情，那不符合武士道精神。你是在處理一篇談日本的文章時學到這些細節的。但你缺乏武士的決心。你是那種總是指望最後一分鐘會有奇蹟出現的人。雖然曼哈頓不是處於地震帶，但爆發核子戰爭的可能性總是存在。除了一場核子戰爭，你想不出來還有什麼事情可以延宕雜誌的出版時程。

「教主」在中午剛過不久輕手輕腳地走過查證部的門口。這時你正好抬頭，讓他看個正著（他是個出了名的大近視）。他很正式地給你鞠了個躬。「教主」的為人難以捉摸，你必須看他看得非常仔細，而且要知道看哪裡，才會看出他的喜怒。雖然你從未見過一個維多利亞時代的辦事員，但八成就是他的樣子。在雜誌社裡，他天生的沉默寡言已被提升為一條原則。作為一個王朝的第四代接班人，「教主」已經統治了雜誌社二十年。想要發現他的心思是全體員工的懸念。沒有任何未經他熱烈推許和最後過目的東西可以收入雜誌。他的喜好沒有準則，而他也不會為自己的選擇做任何解釋。他對需要一個助理幫他忙這一點感到痛苦，但他不管對誰都保持禮貌。雜誌社沒有一個正式的副司令，因為有這樣一個副司令，便意味著雜誌總有一天會易帥，而「教主」無法想像這雜誌社可以沒有他。克里姆林宮的情形一定也是差不多。大概因為他猜到自己無法永生，所以任何太直接處理死亡題材的小說都不受本雜誌的歡迎；大部分談到近視的文字也會被他刪掉，沒有任何細節會細到可以逃過他的法眼。

你與「教主」只有過唯一一次的直接接觸。那一次，他把你叫進辦公室，表示他擔心總統可能用錯字。你當時負責查證的文章提到，總統在發言時指出，急促（percipitous）的行動很要不得。「教主」覺得，總統想說的其實是「倉促」（precipitate）。他要你打電話到白宮，請他們允許做出這個更動。你盡職地打了電話給白宮，設法解釋這兩個字的微妙不同有多麼事關重大。你花了幾個小時等待轉接。那些相信你是認真的白宮人員都不願意為更動背書，其他人則是把你當成笑話。這時候，文章即將送印。「教主」第三次召你前去，鼓勵你繼續努力。最後，當排印室鬼叫著要最後一篇稿子時，一個妥協在總統和他的幕僚不知情的情況下悄悄達成。你查到，雖然第二版的《韋氏大字典》把percipitous和precipitate兩個字的意義區分開來，但它更爽快的第三版卻把兩字列為同義詞。「教主」打了最後一次電話叫你繼續向白宮解釋，另一方面同意了（心情不無點誠惶誠恐）把總統的原話照登。就這樣，雜誌送去印刷了，而政府則繼續維持它的急促步調。

你在一點鐘外出去買三明治。梅根託你幫她買罐易開罐飲料。穿過大廈出口的半旋轉門時，你心想，如果可以永遠不用再回來該有多好。你又想，如果可以到最近的一家酒吧窩起來該有多好。行人道的強烈日光讓你暈眩。你伸手到口袋摸索太陽眼鏡。你向來都會告訴別人，你的眼睛對光線過敏。

你有一步沒一步地走到熟食店，點了一客燻牛肉黑麵包和一杯巧克力蘇打。櫃檯後面的光頭佬一面切肉一面吹口哨，顯得心情愉快。「今天的肉又正又精瘦，」他說，「現在再來加一點點芥末便成——做法和你媽媽從前的一模一樣。」

「你怎麼知道？」你問。

「不過是隨便說說殺時間罷了，兄弟。」他說，把東西包了起來。他這番話，加上玻璃窗後面冰在冰上的死肉，讓你食欲全消。

在你等紅綠燈的時候，一個挨在銀行外牆的男人向你兜售。

「老哥，來看看貨色，全是貨真價實的卡地亞手錶。每只四十塊。戴上它可以讓你走路有風。全是真品，只賣四十大洋。」

那人旁邊放著一具半身人體模型，模型的手臂上戴滿錶。他脫下一只，遞給你看。「仔細看看。」他說。如果你接過手錶，就會覺得自己等於答應購買了。但你不想顯得無禮，便把錶接過來，細細查看。

「我怎麼知道它是真的？」

「你憑什麼知道什麼是真的？錶面上有『卡地亞』的字樣，不是嗎？它看起來真，摸起來也真，你還要求什麼？才四十塊大洋，你有什麼好損失的？」

那手錶看起來是真貨。細長的長方形錶面，帝王體的羅馬數字，尾端鑲藍寶石的發條旋鈕。錶帶有上好皮革的觸感。但如果這是真貨，那八成是贓物；如果不是贓物，就不會是真貨。

「三十五塊大洋賣給你。這是我的底線了。」

「怎麼會這麼便宜。」

「管銷費低嘛。」

你已經多年沒有戴錶。可以在任何時刻知道時間，將會是把你的生活調整得井然有序的一個好開端。你從不認為自己是個守時的人，但現在你可以靠著一只小小的卡地亞洗心革面。它看起來是真貨，而即便不是真貨，也一樣是只手錶，可以讓你知道時間。就這麼辦，管他媽的。

「三十塊錢賣你。」那人說。

「好，我買。」

「用這價錢買到不叫做買，叫搶。」

你把指針調到一點二十五分，然後細細欣賞手腕上的新手錶。

才一進辦公室，你便想起你忘了幫梅根買飲料。你向她道歉，表示馬上給她買去。她說不用費事，又說你外出的這段時間，有兩通電話找過你。一通是法國某個什麼部的什麼先生打來，一通是你弟弟麥克打來。你兩通電話都不想回。

到兩點鐘的時候，巴黎已經八點了，人人都已經下班回家。所以，整個下午的其餘時間，你都是靠著查參考書和打電話給駐紐約的法國領事館來補破網。你眼皮沉重得像是靠著兩根牙籤撐開。你盲目似地繼續奮鬥。

你的新手錶在三點十五分停擺。你甩甩它，然後給它重上發條。發條旋鈕從你手中掉了下來。

負責的編輯打電話來問那篇法國的文章處理得怎樣。你說還在進行。他為臨時變更刊出日期向你道歉，說他原本打算最早也留到下個月再登，但出於不明原因，「主教」把時間往前挪。「我只是想提醒你，」他說，「別把文章裡的任何內容視為理所當然。」

「這是我的分內工作。」你說。

「我特別指出這一篇，是因為寫它的那傢伙已經十二年沒去過巴黎，而且大部分時間都是寫評價餐館的文章。這個人下筆前從不做仔細查證。」

耶穌哭了。

那個下午，你打了兩次電話給文章的作者，問他每一個事實性陳述的出處。你在第一通電話裡列舉出一籮筐的錯誤，而他也愉快地一一承認錯誤。

「有關法國政府擁有派拉蒙電影公司控股權這件事，你是從何得知的？」你說。

「不是這樣嗎？幹，該死。把它刪掉好了。」

「但你接下來三段文字都是以這句話為前提。」

「幹，是哪個王八蛋告訴我的？」

到第二通電話的最後，他開始惱怒起來，就像是文章中的錯誤都是你故意設計的。雜誌社寫手都是這個樣子：他們痛恨你的程度不亞於他們依賴你的程度。

下午稍後，一份寫著「致全體員工」的須知傳到查證部。它是由「教主」的助理署名，所以分量等同聖旨。

我們得悉，有一位理查德・福斯先生正在寫一篇有關本社的文章。也許福斯先生已經聯繫過你們其中一些人。我們有理由相信，這位記者的動機與本社的最佳利益並不相符。我們想要提醒所有員工本社對報章的政策。所有採訪的要求都應該回報本社。在未得到允許以前，任何員工在任何情況下都不得擅自代表本雜誌發言。我們提醒各位，所有有關雜誌社的內部情況都屬於絕對機密。

這份須知引起查證部同仁津津有味的討論。因為雜誌社發起過許多捍衛出版自由的訴訟，所以眼前這個箝制言論自由的命令不無諷刺。

野洲・韋德說：「但願理查德・福斯有找過我。」

梅根說：「算了吧，野洲，就我所知，福斯先生事實上是位異性戀者。」

「事實？我倒是很有興趣知道，妳是用什麼查證程序得知這是事實。」

「我就知道你會有興趣。」梅根說。

「我只是好奇得要命，想知道提供一些骯髒的內幕消息可以獲得多少銀兩。但別誤會，這並不表示我不覺得福斯先生有吸引力。」韋德說。

里騰豪斯托了托眼鏡框，這表示他有話想說。「包括我在內，很多人都不認為理查德．福斯是個客觀的記者。他只是個八卦販子。」

「他當然是個八卦販子，」韋德說，「但這正是我們喜歡他的理由。」

因為覺得自己可能掌握了危險資訊，查證部的同仁獲得了短暫的力量感。但你只希望理查德．福斯或什麼人會對克拉拉夠關照，給她來一趟人格暗殺。

所有人在七點前都下班去了。他們每個人都表示要幫你忙，但你一一婉拒。由你一個人把事情搞砸會更加悲壯。

克拉拉臨走前把頭探進查證部的門。「記得把校樣放在我的辦公桌。」她交代說。

你心想：去你媽的。

你點點頭，然後假裝認真地埋首看桌上的稿子。自此而下，你能做的只是用鉛筆在你迄今無法查證的內容下面畫線，希望沒遺漏什麼重要的。

你在七點半接到阿拉格什的電話。「你還在辦公室幹嘛！」他說，「我們已經規劃好今晚的行程，會有些好玩到不行的節目。」

阿拉格什有兩點讓你喜歡，一是他從不會問你近況好不好，二是從不會等你回答他的問題。你以前不喜歡這兩點，但在你一身都是煩惱之後，碰到有個人會不想知道你的近況讓你鬆了一口氣。就目前來說，你只想停留在事情的表面，而泰德．阿拉格什正是一個從不考慮冰面底下有鯊魚的花式溜冰者。你有些真正關心你的朋友，會用體己的方式跟你說話。但你最近都避開他們。你的靈魂現在亂糟糟得不亞於你的公寓，你不想在稍微打掃過它之前便邀誰入內。

泰德告訴你，娜特麗和櫻姬都巴望著想認識你。娜特麗爸爸經營一家石油公司，而櫻姬不久便會在一支重量級電視廣告上亮相。另外，「解構主義者」正在麗池飯店玩樂，而一家模特兒經紀公司也在「魔幻」夜總會贊助了一個為營養不良症籌款的狂歡會。娜特麗也搞到了一大袋在玻利維亞國民生產總值中占大比例的好貨。

「我打算工作到晚一點。」你說。事實上，你已經準備放棄，但與阿拉格什共同尋歡並無助於紓解你的憂鬱心情。你想要睡覺。你累得隨時都可以攤在辦公室的油布氈上，陷入長期昏迷。

「告訴我你什麼時間會好，我來接你。」泰德說。

這時，「拚到最後一口氣」一語從稿子上跳入你的眼簾，讓你自感慚愧。你想到了溫泉關之戰的希臘人、阿拉莫之戰的德州人和漏水浴盆裡的約翰．鍾斯⓭。你想要重整旗鼓，把文章裡的一切錯謬之處給全部挖出來。

你告訴泰德過半小時再打給他。半小時後，電話響起，你沒理會。

十點過後一點點，你把校樣放在克拉拉的辦公桌上。你覺得自己是個交學期作業的學生，而這作業只完成了一半，另一半部分是抄襲，部分是鬼扯。你在文章裡找到和修正了好些大錯誤，但這只會讓你對其他未查證過的部分更加不放心。文章作者指望事實查證部為他那些狡猾評論和大膽概括把關和背書。這不是正人君子所為，但幫助他不出妻子是你的工作，而你的工作又正岌岌可危。自創刊以來，雜誌只出現過一次因為內容出錯而回收的案例，而該為錯誤負責的那名查證人員馬上被下放到廣告部。你只希望克拉拉不會讀到你的校樣。最好是發生一場起因成謎的火災，把整個地方給吞噬。而另一個可以讓你得救的，可能是克拉拉今晚喝醉，從酒吧旋轉凳摔下來，摔得頭破血流。任何《紐約郵報》的忠實讀者都會告訴你，這種事是可能發生的——不只可能發生，而是每天都有可能發生。

你以前看過一部卡通影片，主角是一隻可以在時間裡旅行的烏龜和一個仁慈的巫師。烏龜常常會回到過去（例如法國大革命的時代），給自己惹出一身麻煩。在最後一分鐘，走投無路的烏龜（例如眼見斷頭臺就要鍘下的時候）總會大聲呼喊：「巫師先生，救我！」這時，身在扭曲時空另一頭的巫師會一揮魔法棒，把烏龜救回來。

當你走過狹窄走廊，打從一扇扇關上的門前經過時，你就已經感受到離別愁緒。你還記得第一次來這裡面試時的感覺：走廊的侷促讓你更感受到雜誌社的恢

---

⑬主角提到的這些人事地都是歷史上以小勝多、反敗為勝的例子。約翰・鍾斯（John Paul Jones）是美國獨立戰爭中的英雄，「漏水浴盆」指他駕來對抗英國海軍的破船。

弘。當時你想到了每個在這裡被造就的響噹噹名字，還以第三人稱想像自己終會成為一號人物：**他穿著天藍色運動夾克來接受第一次面試。他是要應徵一個事實查證部的職位，而那職位顯然與他飛揚的性情氣質極為不搭。但他沒有被「事實」埋沒多久。**

你開始工作的頭幾個月看來前途無量。你深信自己的工作非常重要，也深信自己遲早會更上層樓。你認識了一些你仰慕了半輩子的人。然後，你結了婚。「主教」還親自給你寫了一封賀函。當時你覺得，他們早晚會了解到你多有才華，知道把你放在事實查證部實在是浪費人才。

但事情漸漸起了變化。在路程中的某處，你停止了加速前進。

你看見資深文法檢查員本德太太還在加班。你跟她打了個招呼。她問你那篇法國稿子處理得如何，你回答說已經完成。

「內容真是亂七八糟，」她說，「讀起來就像是從中文直譯過來。這些該死的寫手想要我們幫他們把工作全部做好。」

你點頭微笑。她的牢騷讓你精神一爽，就像一個悶熱天結束時降下的甘霖。你在她辦公室門口停留了一下，看著她搖頭和咂舌。

小說的用途

你認為你是那種喜歡晚上靜靜待在家裡看本好書的人：椅子扶手上放著杯熱可可，腳上穿著拖鞋，你會一面看書一面來一點點莫札特的音樂。今晚是星期一晚上，但感覺上卻至少像是星期四。從地鐵站走回公寓途中，你告訴自己，你準備要把每晚回到家時的恐懼心情給制伏下來。畢竟，不是常有人說，一個男人的家就是他的城堡嗎？慢慢接近西十二街你住的大樓時，你看得出來，當初建築師設計它的時候，心中多多少少想著歐洲的城堡：樓頂用來隱藏水箱的那個塔樓和大樓入口處那道仿吊閘都是明顯例子。進入大樓後，你帶著忐忑心情打開信箱。誰都說不準裡面會有些什麼。在像這樣的日子，你隨時都有可能收到一封阿曼達寄來的信，而信中有可能是解釋她為什麼要離開你，有可能是請求你原諒，也有可能是請你把她剩下的東西寄到某個地址。

不過，今天晚上你收到的是這些：信用卡公司寄來的繳款過期通知；吉米・溫思羅普從芝加哥寄來的一封信（他是你大學時的室友，也是你結婚時的伴郎）；一封什麼公司寄給阿曼達・懷特的信。你首先打開吉米的信。信的抬頭寫著「嗨，陌生人」，而信尾寫著「代問候阿曼達」。寄給阿曼達的信封上印有一家保險公司的名字，內容如下：

讓我們面對現實吧：在妳所從事的行業裡，臉蛋是一項最大的資產。當模特兒是一份刺激和報酬高的事業。妳大有可能還有很多年的錢好賺。不過，萬一碰到毀容的意外事件，妳要怎麼辦？即使只是小小的皮肉之傷，一樣可以讓一份利潤豐厚的事業和幾百萬美元的潛在進帳毀於一旦。

你把這信揑成一團，投到電梯旁邊的垃圾桶。你按下按鈕。**不過，萬一碰到被遺棄的老公朝妳臉上潑硫酸，妳要怎麼辦？**不，停。這不是你的好自我在說話。你一點都沒有幹這種事的念頭。

公寓門鎖轉動時發出的繁複聲響讓你感覺自己正要進入一座地牢。這地方在鬧鬼。就在今天早上，你才在馬桶旁邊找到一根化妝用的小刷子。各種回憶就像塵團般潛伏在每個抽屜的後頭。你的立體聲音響是一種特殊的型號，凡是由它播出來的音樂，都會引起痛徹心腑的聯想。

這地方是你和阿曼達一起住過的第二間公寓，是為了可以容納結婚禮物才搬進來的。阿曼達希望住在上東區，因為其他模特兒都是住那一區。她把一些房子的型錄帶回家找你一起挑選，而當你問她錢從何來的時候，她建議你向父親借一筆。你問她，她憑什麼認為你父親手上會有這樣一筆錢，就算有，他又為什麼願意借你？她聳聳肩說：「不管怎樣，我現在都發展得很好。」這是你第一次意識到，她以為你父母是有錢人（當然，就她童年的生活標準來說，他們是有錢人）。「來看看這個廚房的平面圖吧。」她說。

現在這棟公寓是你做出的妥協。那是一戶蓋在下城區的上城區樣式公寓，有挑高的天花板，有日班的門房，有真正的壁爐。你倆都喜歡它的木頭鑲板和護牆板。阿曼達指出，只有在這種地方，你倆用新瓷器和銀餐具吃飯才不會顯得荒謬。隨著婚禮的接近，餐具、瓷器和水晶占去了她很大一部分的心思。她堅持要你買一套

「Tiffany」基本款的銀餐具：那時銀價正在升破屋頂，而她確信，到舉行婚禮的時候，銀價還會翻兩番或三番。這是一個著名設計師給她的小道消息。用三星期走秀賺來的錢，她買了六套餐具。幾天之後，銀價崩盤，六套銀餐具的價格大約只剩下原來的六分之一。

當她聽說你家有一個家徽時，她想要把家徽鐫在銀餐具上。但你堅決不讓她鐫上你的姓名縮寫，也開始對她新培養出來的購物癖產生危機感。她似乎殷切於一次買齊一輩子要用的物品。然後，在這種婚前大血拼發生後不到一年的光景，她便走人了。現在，你吃東西都是用紙餐盒，而那些護牆板並不能讓你覺得歡欣。更慘的是，你其實負擔不起房租。你多次下決心要找個地方搬家，也多次下決心要把堆積如山的髒碗碟和髒衣服洗乾淨，卻無一實現。

你關上門，站在門廳裡傾聽動靜。自阿曼達離家出走之後，你有好一陣子回到家後都會這樣駐足一會兒，希望可以聽到她的聲音，希望當你走入起居室的時候，她人就在那裡，會向你懺悔，並且表現出無限的柔情蜜意。如今這希望已大半逝去，但你仍然會在大門邊做出短暫的警戒，要從室內的寂寥品質去判斷，這屋子是只剩下沉鬱的憂傷，還是仍然瀰漫著情緒高張的尖叫和呻吟。今晚你不確定你聽到的是哪一種。你走進起居室，把外套扔在雙人沙發上。好不容易找到拖鞋之後，你打量書架，決心要把「晚上靜靜待在家裡看書」的觀念付諸實行。對書名的隨機取樣即足以讓人目眩：《出殯現形記》、《火山下》、《安娜・卡列尼娜》、《存有與時間》、《卡拉馬佐夫兄弟們》。你年輕時一定曾經胸懷大志。當然，這些書很多其實從未打開過。你只是一直把它們存起來。

你一直找不到人生方向，直到考慮從事寫作之後才有所改觀。苦難一直被認為是藝術的材料。你本來是可以寫一本書的。你覺得只要你能夠坐在打字機前面，就可以讓一件不可理喻的災難慢慢變得條理分明。不然你也可以以此作為報復的方式，把自己塑造成一個被錯待的英雄，例如哈姆雷特之類的。你當然也可以不寫自傳性的作品，光讓自己沉醉在純形式的文字之美中，或是創造出一個包含毛茸茸小型生物和有鱗大型生物的奇幻世界。

你一直想當作家。你會到雜誌社謀職，只是想用它來作為你晉升文學名流的跳板。你過去也寫寫小說，而你相信它們每篇都比刊登在雜誌裡的小說要強過無數倍。你把它們投到「小說部」，但每次收到的回函都是一封禮貌性的短柬：「貴作品目前不是非常適合我們的需要，但仍然謝謝你寄來讓我們過目。」你試著去詮釋這短柬的意思，例如，那個「目前」是意味著你日後應該把稿子再投一次嗎？但真正讓你洩氣的不是那封短柬，而是寫作所需要付出的努力。你從未停止認定你是個把時間浪費在「事實查證部」的作家。但在工作和生活之間，你並沒剩下多少時間可以在靜謐中構思。曾經有過幾星期，你每天早上六點一到便起床（阿曼達仍然在睡覺），到廚房去寫短篇小說。不過，後來你的夜生活變得愈來愈有趣和複雜，第二天要爬起床也變得愈來愈艱難。但你參加派對是要為一部小說累積素材。你與作家一起去參加派對，想要培養出寫作的人格。你想要當一個沒有大肚皮的狄倫·湯馬斯⑭，想要當一個不會精神崩潰的費茲傑羅⑮，換言之是想要跳過實際創作的苦悶煎熬。在別人的稿子上埋頭苦幹了一天之後（你打從心裡知道你可以寫得比他們好），你最不想做的便是回家寫作。你想要外出。因為阿曼達是時裝模特兒，而你是在知名雜誌工作，別人都樂意認識你倆和邀你倆參加派對。在這些派對上你碰到許許多多的人和事。當然，你總是會在腦子裡做筆記，把材料給存起來，等著哪一

⑭狄倫·湯馬斯（Dylan Thomas）：英國詩人，也是著名的酒徒。

⑮費茲傑羅（F. Scott Fitzgerald）：美國作家，代表作為《大亨小傳》。

天坐下來，寫出你的曠世大作。

你從貯物室挖出你的打字機，把它放在飯廳的桌子上。你有一些二十磅重的高級白紙可用，那是取自辦公室的文具櫃。你把一張白紙連同墊背紙插入滾筒。紙張的一片雪白讓你覺得害怕，所以你就在右上角打上日期。你決定直接切入你腦子裡的那個故事，不浪費時間在營造氣氛上。

他原以為她會坐下午的飛機從巴黎回來，不料她卻打電話告訴他，她不準備回家了。

「妳是要改搭晚一點的飛機嗎？」他問。

「不是，」她說，「我準備展開新的人生。」

你把這段文字讀了一遍。然後你把紙從打字機裡扯出來，插入一張新的。也許應該更往回溯，試著找出這事情的來龍去脈。這一次你決定給女主角取一個名字和一個出生地。

海倫喜歡看她媽媽買的時裝雜誌。雜誌裡的女人都打扮得高雅漂亮，總是坐計程車或豪華轎車，前往大型百貨公司或高級餐館。海倫不認為奧克拉荷馬州有同檔次的百貨公司或餐館。她嚮往成為雜誌照片中的仕女，因為這樣的話，她爸爸說不定就會願意回家了。

這麼寫真是糟透了。你把紙張對半又對半撕成八小片，丟到廢紙簍去。你插入一張新紙，再次打上日期。在左邊的頁邊上，你打上「親愛的阿曼達」幾個字。但當你再看紙張一眼時，卻發現上面寫的是「死阿曼達」。

真他媽的。你斷定今晚不是創作偉大文學作品的適當時候。你需要的是放鬆。畢竟，你已經忙了一整天。你打開冰箱，卻沒看到啤酒。流理臺上放著一瓶只剩一丁點的伏特加。也許你應該到外面買一盒六罐裝的啤酒。但既然要出去了，倒不如乾脆逛到「獅頭」，看看有沒有你認識的人。在那酒吧裡，你不是不可能碰到一個有頭髮而沒刺青的女人。

當你正在換襯衫的時候，對講機的鈴聲嗡嗡響起。你按下「講話」按鈕，問道：「哪位？」

「麻醉劑中隊。我們正在為全世界無藥可嗑的小孩尋求捐贈。」

你按下開門按鈕。你不太確定你對於泰德．阿拉格什跑到這裡來找你是什麼感受。你也許是需要一個伴，但泰德可以帶給你的好東西有時會好過了頭。他那種尋樂方式往往會讓人元氣大傷。但不管怎樣，當他走進門來的時候，你還是很高興看到他。他穿著「普萊詩」襯衫和紅色的蘇荷褲，看起來人模人樣。他伸出一隻手，你們握了握手。

「準備好滾動了嗎？」

「到哪去？」

「去夜之心臟，去任何有舞可跳、有藥可嗑和有妹可把的地方。這是一件骯髒任務，但總得有人來負責。談到藥，你有存貨嗎？」

你搖搖頭。

「連一線⑯可供年輕泰德吸的都沒有？」

「沒有，抱歉。」

「連可供我舔的鏡子都沒有？」

「你自便吧。」

泰德走到你祖母留給你的那面古董鏡子（當初阿曼達曾擔心它會被你的堂兄占去），用舌頭在鏡面舔了又舔。

「這上頭有些什麼。」

「灰塵。」

泰德舔舔嘴唇。「就品質而言，你家灰塵所含的古柯比我購買那些論公克計價的垃圾好多了。我們古柯粉絲都常打噴嚏，而積少會成多。」

泰德用一根手指划過茶几的桌面。「這地方的灰塵厚得足以讓你開一門塵埃課。你知道嗎？家庭塵埃平均有九成是由人的皮屑構成。」

這大概解釋了為什麼你會覺得阿曼達無所不在。她把她的皮屑留下來了。

泰德走到餐桌，俯身看上頭的打字機。「哎喲喲，我們的大作家正在寫作呢！**死阿曼達**。這就對了。正如我告訴過你的，告訴妞兒們你老婆死掉會博得更多同情分，讓你有更多上床機會。這比說你老婆給你戴綠帽子或跟別人跑路去了巴黎更有效，可以免掉你被人甩的弦外之音。」

⑯吸食古柯鹼的一個主要方式是把粉末在一個平面上抖成一細長條，用鼻孔次第吸入。

當初，當你告訴泰德阿曼達走掉的時候，他的第一反應是流露出一點點真誠的同情和遺憾。他的第二反應是告訴你，只要你把這件事拿出來反覆說說（再加上一點點悲苦和怨恨的情緒），將會讓你的把妹事業欣欣向榮。最後，他建議你把阿曼達說成是從巴黎回家途中墜機身亡，而那一天正好是你們頭一個結婚週年紀念日。

「你確定這裡沒有任何能嗑的藥？」

「浴室裡有『諾比舒咳』。」

「你讓我感到很失望，教練。我一直以為你是那種會積存糧食以備雨天之用的人。」

「這叫近墨者黑。」

「我們來打電話吧，」泰德說，「我們非找到一些開派對用的燃料不可。」

所有會有古柯的人都不在家，所有待在家裡的人都沒有古柯。箇中顯然是有模式的。「該死的韋納。」泰德說，「他從來不接電話，但我知道他此刻就坐在他的閣樓公寓裡，旁邊堆著一堆好料。」泰德掛上電話，看了看手錶——這手錶可以告訴他世界一些大城市（包括紐約、杜拜和阿曼）的時間。「十一點四十。現在去『奧第安』嫌早了一點，但等我們一到了下城區，自然會找到一大堆可以讓人盡情流鼻涕和打噴嚏的獵場。準備好了嗎？」

「你有沒有經驗過一種近乎抑制不住的衝動，想要晚上一個人靜靜待在家裡？」

泰德認真想了想。「沒有。」

「奧第安」閃亮、曲線形的內裝能使人精神一振。這地方明亮而乾淨，會讓你在任何鐘點都覺得待在這裡很合理。沿著吧檯的人工燈光下坐著一張張熟悉的臉，它們的主人白天的身分（設計師、作家、藝術家）全都只是標籤。你看見一個與阿曼達同屬一家經紀公司的女模坐在吧檯處。你不想被她看見，但泰德卻逕向她走過去，親了親她臉蛋。你在吧檯另一頭點了一杯伏特加。你把酒喝掉，正想點第二杯，卻看到泰德向你招手。那女模身邊跟著另一個女人。泰德介紹你們彼此認識，她們一個叫泰瑞莎，一個叫伊蓮。伊蓮（那女模）有一副龐克高級時裝的長相：矮個子、一頭像是用剃刀剃出來的黑髮、高顴骨、眉毛又直又粗。「金屬性」和「陽剛」是她讓你聯想到的形容詞（兩個都是M字母開頭的單字）。泰瑞莎金髮，因為太矮和乳房太大而當不了模特兒。伊蓮看你的樣子，就像你是她出於一時衝動買下的商品，正考慮要退貨。

「你是阿曼達．懷特的男朋友嗎？」

「丈夫。我是說過去是。」

「她在巴黎秋裝展演出時遭遇不幸，」泰德說，「當時巴勒斯坦恐怖分子和法國警察交火，她被波及。完全是飛來橫禍。無辜的旁觀者，死得毫無意義。他不想談這件事。」泰德的表演說服力十足，連你自己都幾乎相信了。他那副掌握了一堆內幕和小道消息的神氣，讓他的鬼話栩栩如真。

「好可怕。」泰瑞莎說。

「應該說好悲慘。」泰德說。「抱歉，我有正事要處理，得先失陪一下，一分鐘後便回來。」他一鞠躬，朝大門走去。

「他說的是真的嗎？」

「不盡然。」

「那阿曼達最近都在做些什麼？」伊蓮問。

「我不知道。我想她現在人在巴黎。」

「等一下，」泰瑞莎說，「她還活著嗎？」

「我們只是分手了。」

「真可惜，她是個可人兒。」伊蓮說，然後又轉身對泰瑞莎說：「她長得就像鄰家女孩，充滿農村的清新氣息，一點也不造作。」

「我不懂怎麼會發生這種事。」泰瑞莎說。

「我也不懂。」你說。你寧願盡快轉換話題。你不喜歡扮演折翅鳥的角色，而這特別是因為你正好覺得自己活像隻折翅鳥。或者說，像跛腳鴨丈夫。但你寧可當隻雕或隼，在孤涼的峭壁之間進行無情的掠食。

「你是個作家之類的嗎？」伊蓮問。

「我也寫寫作，但我的正職是個編輯之類的。」

聽到你是為哪家雜誌工作時，泰瑞莎驚呼起來：「老天，我讀這雜誌讀了一輩子。我是說我父母都會買來看。我看婦科的時候也會看它。你叫什麼名字？我會聽過嗎？」她提了幾個與你同一家公司的作家和藝術家的名字，而你杜撰出一些絕對無法通過克拉拉查證標準程序的中傷和誹謗。

你沒有透露太多自己工作的細節，但在話裡暗示你的角色極為重要。過去，你可以輕易讓自己和別人相信你真的那麼重要，但你的心現在已經不吃這一套。你痛恨自己此時擺出的姿態，但又堅信讓眼前這兩個陌生人崇拜你極為重要。在一間聲望崇隆的公司打雜固然沒什麼了不起，但這卻是你唯一剩下的。

從前，你一度認定你是個非常討人喜歡的人，所以把娶到一個美嬌娘和得到一份好工作視為理所當然。你配得上這個世界的一些美好。當你認識了阿曼達和來了紐約之後，你開始覺得自己不再是個局外人。在你成長的過程中，你一直覺得其他所有人都保留著一些基本的祕密，不讓你知道。其他人都知道自己在幹些什麼。隨著你每轉校一次，這個信念便益發堅定。你父親因為每年的工作調動，讓你成為一個永遠的新生。每一年都有一個新體系的在地知識需要你去學會駕馭。你的腳踏車或襪子的顏色總是不對。如果你有去看過心理醫生，你將會堅持你的「原初場景」不是小時候撞見父母交媾，而是被一圈小學生圍住：他們像印第安人圍著一隊篷車隊那樣圍住你，用惡毒的笑聲笑你，用邪惡的小手指指著你，堅稱你是異類。這個場景在全國各地的校園操場一再上演。要等你上了大學，每個同學都是名副其實的新鮮人之後，你才開始學會交朋友和認識重要人物的伎倆。然而，雖然你愈來愈得心應手，但你老覺得自己只是後天習得這些伎倆，不像別人那樣天生擁有。雖然成功騙過了每個人，你卻始終悄悄害怕總有一天會被拆穿，會被人發現你是社交圈的贗品。最近你老是有這種感覺。就連現在，在你吹噓自己如何如何重要的當兒，你仍然看見伊蓮的眼神飄來飄去，把你晾在一邊。她正在喝香檳。因為不知道你在看著她，她把舌頭伸進香檳杯，在杯壁上左舔右舔。

一個似乎略有名氣的女人望向你們這個方向，揮了揮手。伊蓮揮手回禮。但那女人卻撇過頭去，讓伊蓮的笑容為之一僵。

「我敢打包票她是注射了矽膠。」伊蓮說。

「會嗎？在我看來她平得要命。」

「我不是說她的奶子，是說她的顴骨。她注射了鬼矽膠，好讓自己看起來像是有顴骨。」

泰德這時回來了，一副得意兮兮的樣子。「紅不讓！」他說。

當時午夜已過。凡是在這個鐘點開頭的事，將不會在一個理性的鐘點結束。你有想過要開溜，打道回府。睡個好覺會產生的各種好處讓你心生嚮往；另一方面，你又不介意哈兩口草：量無須多，夠提振士氣即可。

片刻之後，你們一行四人便去到樓下的洗手間。泰德把幾長線的粉末抖在馬桶蓋上，伊蓮和泰瑞莎輪流入席。最後，泰德請你就位。那種甘甜的鼻腔燒灼滋味就像是炎炎夏日喝下的一大口冰涼啤酒。泰德又上了一次菜，等到你們列隊離開洗手間時，你已經覺得自己力大無窮。你有一種向上流動的感覺。彷彿有什麼美妙絕倫的事必然會發生。

「我們往別處移動吧。」泰德說。

「去哪？」泰瑞莎問，「帥哥多的地方？」

「正妹多的地方。」伊蓮說。你不確定她只是借電影對白開玩笑，還是說出了心裡話。

你們這個快樂四人組最後決定以「心碎」為下一站。一輛計程車促成了這趟往上城區而去的短程之旅。

夜總會外頭擠滿準心碎的人，而他們全都是一副市郊人的長相。泰德推開這些等候者，跟負責看場子的人說了幾句話，然後向你們招招手。要付入場費的時候，伊蓮和泰瑞莎只顧聊天，所以你就付了她們其中一人的份，泰德付了另一人的份。夜總會裡頭還有可以移動的空間。

「來早了。」泰德說。他感到失望。他討厭在每個人都到達之前現身。他一向以時間拿捏精準自豪，總是那個準時當最晚到的人。

伊蓮和泰瑞莎消失了一陣子，你有十五分鐘沒看到她們的蹤影。泰德發現其中一張桌子坐著他一些廣告界的朋友。每個人都在討論最新一期的《浮華世界》，有人讚好，有人不以為然。「簡直不知所云，」文案寫手史蒂夫說，「那等於是把抽象表現主義的方法用在出版：直接把墨潑在紙上，希望有意義的畫面能自己浮現⓱。」

你走開去買酒喝，途中繼續眼觀八方，搜索落單女人的身影。目前似乎還沒有這種人物。這裡誰都認識誰。你陷入了第一次衝刺後的落寞狀態。你也經驗到了夜店總會帶給你的那種失望。其實，從過去經驗就可以判斷，你進入這夜店時所帶著的預期是完全不能成立的。你似乎總是忘記你其實並不喜歡跳舞。不過既然人已經來了，你覺得你有責任要對美好時光的要塞發動一次結實進攻。音樂聲讓你亢奮，讓你想要做些什麼——但未必是跳舞。古柯讓你對音樂更有感，而音樂則讓你想要再多來些古柯。

在吧檯處，有人碰了碰你的肩膀。你轉過身，花了一分鐘才看清眼前的臉，不

⓱抽象表現主義畫家作畫時都是隨心所欲把油彩潑灑在一幅大畫布上，畫的是什麼可以有許多種不同的詮釋。

過，在你們握手的時候，你已回憶起對方的名字：瓦尼埃。你們大學時代是同一個社團的成員。你問他現在從事哪一行。他一直在銀行界工作，今晚才剛從南美洲回來。他的南美行是為了拯救一個香蕉共和國⑱，使之免於破產。

「媽的，讓那將軍多過幾個月的舒服日子意義何在！那你又是怎樣保持靈魂和肉體的和諧的？是繼續寫寫詩嗎？」

「我自己在南美洲也有一點點小生意。」

「我聽說你娶了個女演員。」

「是『政治活躍分子』。我娶了個漂亮的政治活躍分子。她是切．格瓦拉的私生女。幾個月前，她回國探望她媽媽，結果遭到逮捕和刑求，最後死在獄中。」

「你是在開玩笑的吧？」

「我的樣子像開玩笑嗎？」

瓦尼埃已經占用了你太多時間。走開前，他說你倆應該找一天一起吃個中飯。回到你原來的桌子去時，你看到泰瑞莎和伊蓮正尾隨泰德往外走。你在男廁門外趕上他們。你們四個人占據了一間單間。伊蓮坐在水箱上，泰瑞莎坐在馬桶蓋上。

「看來我大半輩子都是在廁所裡消磨。」泰瑞莎說，一面用手指掩住一個鼻孔。

稍後，你碰到一個從前在某個派對見過的女人。你記不起她的名字。當你向她打招呼的時候，她反應侷促，就像你倆曾經發生過什麼丟臉的事。但你唯一記得的是你曾跟她聊過「衝擊」合唱團的政治意涵。你問她想不想跳舞，而她說何妨。

在舞池裡，你發明了自己的舞步。你稱之為「紐約力矩」。你的拍子老是快過其他人的拍子。你的舞伴機械性地擺來擺去，活像節拍器。你發現她似乎不斷端詳你，而且眼神裡充滿同情。等到你整件襯衫都被汗浸濕後，你問她想不想歇一歇。她熱烈點頭。

「有什麼不妥的嗎？」你說，幾乎是用吼的，因為只有這樣才能讓她聽見。

「沒有。」

「妳看來緊張不安。」

「我聽說了你太太的事，」她說，「我感到遺憾。」

「妳聽說了什麼？」

⑱香蕉共和國：經濟體系屬於單一經濟（大都如香蕉、可可等經濟作物）、擁有不民主或不穩定的政府，特別是對那些政府貪污及遭強大外國勢力介入的國家的貶稱。

「我知道發生了什麼事。我聽說她死於什麼病……好像是血癌。」

你們正在乘坐玻利維亞慢車穿過一些山村，去到安地斯山氧氣稀薄的山峰。

「我們已經把泰瑞莎和伊蓮調教得服服貼貼，」泰德說，「我看是時候了該去個更爽的地方。」

這時你倆再次待在廁所裡。泰瑞莎和伊蓮則是去了女廁，從事合法的勾當。

「我不欣賞血癌的橋段，」你說，「一點都不幽默。」

「我只是設法刺激銷路。我可是以你的經紀人自居。」

「你的做法讓我不敢恭維。壞品味。」

「什麼是好品味，」泰德說：「依各人的品味而異罷了。」

你正在與伊蓮跳舞。泰德則與泰瑞莎跳舞。伊蓮方手方腳的舞姿讓你聯想到埃及金字塔裡的人像畫。她跳的也許是一種最新的舞步。但不管怎樣，她都讓你覺得自己手笨腳拙。你並不特別覺得伊蓮有吸引力：你認為她太有稜有角了。你甚至不認為她特別和藹可親。但你卻渴望證明你就像任何人一樣可以享受到「歡樂時光」，證明你也可以成為「群眾」的一分子。你客觀上知道伊蓮具有挑逗性，也覺得自己有責任去對她有欲念。你有義務按既定程序走到最後一步。你老是相信，只要勤加練習，你終會掌握享受露水姻緣的訣竅，從此不再需要求助於那種無所不能的溶解劑，不再有悲憤。你將會學到把許多不用大腦的歡娛加起來，構成快樂。

「我真的很喜歡阿曼達，真的很希望再看到她。」伊蓮在兩首歌之間的空檔時間說。她說這話時有一種推心置腹的味道，就像是正在把一個有關阿曼達的祕密分享給你。不過，你大概會更高興聽到她說她不喜歡阿曼達。由於你仍然無法把阿曼達想成一個爛人，所以你需要別人代你這樣想和把它說出來。

泰德和泰瑞莎已經消失了。伊蓮找了個藉口走開，表示馬上會回來。你有被遺棄的感覺。你懷疑他們是串通好的：約好了在門口外面碰面，以便把你甩掉。你幫自己買了杯酒，等了五分鐘，然後決定去勘察一番。你先是檢查男廁，然後檢查女廁。有個穿皮革連衣褲的女人在對著鏡子撥弄頭髮。「空位多的是。」她說。然後你聽到一個單間傳出聲音，是咯咯笑聲。你彎下腰，在門底下看見伊蓮和泰瑞莎的涼鞋。

「留一些些給我。」你說，推門要進去。但門只打開到夠你把頭探進去的程度。你看見伊蓮和泰瑞莎正幹著不自然的行為。你感到驚訝和困惑。

看得見外面的子宮

你夢見了昏迷寶寶。你潛入醫院，走過一票護士和記者身邊。沒有人看得見你。你推開一扇寫有L'Enfant Coma（法文：昏迷寶寶）名牌的門，走進了事實查證部。伊蓮和阿曼達就著野洲．韋德的書桌哈草，又用法語罵髒話。昏迷媽媽攤在你書桌上，身穿白色睡袍。一些點滴瓶掛在書架上，以管子與昏迷媽媽的手臂相連。她睡袍中間的部位是打開的。你走近之後，發現她的肚子是個透明的泡泡。昏迷寶寶就在泡泡裡。他張開眼睛，正在望著你。

「你想怎樣？」他問。

「你準備要出來嗎？」你說。

「才不要。我喜歡住在這裡面，荷西。我需要的一切都會送進來給我。」

「但你媽媽快不行了。」

「如果那女人走了，我會跟她一道走。」昏迷寶寶把他紫色的大拇指塞到嘴巴裡。你設法跟他講道理，但他裝聾作啞，相應不理。「出來吧。」你說。然後你聽到有人敲門，跟著是克拉拉的聲音：「開門，我是醫生。」

「他們永遠別想把我接生出來。」昏迷寶寶說。

這時電話響起。你拿起話筒，但話筒卻像鱒魚一樣從你手上滑走。你老是誤以為這世界上的事物是牢固的。你從地板上撿起話筒，放到耳邊。

「Allô（法文：哈囉）？」你說，料想對方一定是說法語。是梅根打來的，她怕你睡過頭。沒有啦，你說，我正在弄早餐。在煎香腸和蛋。

「希望你不會介意，」她說，「但我真的不想再看到你被克拉拉以荷蘭人的方式對待。我只是想確定你已經醒來。」以荷蘭人的方式對待？你在心裡記下這俚語，打算回辦公室之後找辭典查查它是什麼意思。時針告訴你現在是九點十五分。你顯然是睡過了設定在八點三十分響起的鬧鐘鈴聲。你謝過梅根，說待會兒見。

「你確定你醒了嗎？」她問。

絕對是醒了，因為頭疼、胃發酸這些醒來的重要徵狀一應俱全。

§

會伴隨著清醒而來的那種模糊恐懼感，漸漸具象化為克拉拉・蒂林哈斯特的形象。你是可以面對工作八成不保的可能性，但你不認為你有勇氣面對克拉拉——至少是無法在只睡了四小時磨牙覺的情況下。你也無法忍受看到那些校樣的光景：它們是你有多失敗的鐵證。先前，你夢見自己打了一通電話到巴黎，等待可以救你一命的資訊。當時你被鎖在事實查證部裡，而且似乎有誰在猛敲門。你拿著電話。接線生的說話聲時斷時續，講的是一種你連半點都聽不懂的語言。你的手掌被你的指甲戳得破皮：一整個晚上，你兩條手臂都繃緊在身體兩側，拳頭緊握。

你考慮打電話請病假。這樣做的話，雖然克拉拉照樣可以打電話告訴你你已經被開除，不過你卻可以趕在她破口大罵之前掛斷。只是，雜誌明天便要送印刷，如果你缺席，你的同事便得要分擔你的工作，工作量會一下子大增。另外，當縮頭烏龜也會讓你失敗得沒有尊嚴。你想起了蘇格拉底，記起他是怎樣坦然接過杯子，把毒藥喝下肚子。但更重要的是，你還抱著一絲希望，心想也許會有奇蹟出現，讓你逃過一劫。

你穿好衣服，十點前便出了門。你去到月臺時地鐵剛好進站。你考慮不上車，因為你還沒有完全準備好。你需要時間磨利你的意志，並且考慮採取什麼戰略。車門在壓縮空氣的嘶嘶聲中關上，但車上卻有誰把一扇門抵住，好讓一個衝向月臺的人能趕上。車門於是再度打開。你踏進了車廂。地鐵裡坐滿來自布魯克林的哈西德派猶太人——全是穿黑衣服的小財神，人手一個裝滿鑽石的公事包⑲。你在他們其中一個旁邊坐下。他正在讀他的《塔木德》，手指在書頁上徐徐移動。書上的古怪字體就像是遍布車廂各處的塗鴉，但那人沒有抬頭去看塗鴉，也沒有偷瞄你手上那份《紐約郵報》的頭條標題。這個人有一個上帝、一段「歷史」和一個「共同體」。他擁有一套完美的信仰經濟學，那會是一種用超出他經驗的資產負債表來解釋一切痛苦和失去的理論：在這份資產負債表裡，一切到最後都會得到補贖，而死亡並不真正是死亡。這樣看來，一整個夏天都必須穿黑色羊毛衣服只算是一個小小代價。他相信自己受到上帝的揀選，而你則感到自己只是一系列隨機數字裡的一個整數。儘管如此，他的髮型還真是有夠醜。

在第十四街的地鐵站，有三個塔法里教教徒⑳上了車，沒多久，車廂裡便瀰漫著汗臭味和大麻菸捲味。有時候，你會覺得自己是這城市裡唯一沒有團體歸屬的人。坐你對面的一個抱著「梅西百貨」購物袋的女人左望望、右望望，就像是問你，在這些吸血鬼般的猶太人和昏昏欲睡的非洲人之間，世界已經變成了什麼樣子。但當你向她微笑示意時，她卻趕緊把頭撇開。其實你也可以搞一個自己的團體：懷才不遇者兄弟會。

《紐約郵報》印證了你對有大難正在逼近的預感。第三版有一則「火焰驚魂夜」的消息：皇后區一棟公寓失火焚燬；第四版則報導了一個殺手龍捲風在內布拉斯加州肆虐。在這國家的中部地帶，大型災難總被認為是上帝的懲罰，而在城市，它們又總是被認為是人為的，像縱火、強姦、謀殺等等。至於發生在世界其他部分的任何錯，則會被歸咎於外國人的野蠻。這種世界觀既簡單又好用。昏迷寶寶今天被塞到第五版。沒有什麼最新發展：**昏迷寶寶還活著**。醫生正考慮要給未足月的胎兒做剖腹產。

你在十點十分走到時代廣場，在十點十六分走進雜誌社所在的大樓。第一部到達的電梯由一個新來的小夥子操作，他長得鬼鬼祟祟，就像上一份職業是幹扒手

⑲哈西德派是猶太教一個派別，而美國的鑽石買賣生意是由哈西德派猶太人主控。

⑳塔法里教是一種源自牙買加的黑人宗教，其信徒相信亞當和耶穌是黑人，在舉行儀式時會吸食大麻。

的。你說了聲早安，走到電梯後面站定。他在一分鐘之後轉過身。

「你總得告訴我你要去幾樓，該不會以為我懂讀心術吧？」

你說你要去二十九樓。習慣了魯西歐和其他電梯操作員的客氣態度，這小夥子讓你覺得像個入侵者。他把鐵柵拉上，把門閂扣上。半路上，他掏出一管「維克斯」通鼻劑，吸了幾下。你的鼻子也不由自主地抽動了幾下。

「二十九樓到了。」小夥子說，在你踏出電梯時又補充一句：「這是女性內衣褲部門的樓層。」

你沒看到武裝保全人員在等你。你問接待員莎莉，克拉拉到公司了沒。

「還沒有。」她說。你不確定這是好消息還是壞消息，因為克拉克來得愈晚，只會讓你的痛苦愈延長。你的同事全圍在一份《紐約時報》四周——這報紙是事實查證部選擇訂閱的報紙。克拉拉在錄用你的時候告訴過你，部內所有同仁每天都應該把《紐約時報》仔細讀一遍。但你已經幾星期沒看過它一眼。

「哪裡爆發戰爭了嗎？」你問。

里騰豪斯告訴你，雜誌社一位女寫手（她因為不擺架子和勤於查證而受到查證部同仁的歡迎）剛因為一篇有關癌症的報導贏得一個大獎。**死於癌症**。里騰豪斯特別高興，因為那個系列的文章是由他負責查證。「要看看嗎？」他舉高報紙，好讓你可以看到得獎消息。當你準備要點點頭假裝興致勃勃時，你瞥見了登在頭版的一則廣告。你把報紙從里騰豪斯手上接過。廣告裡有三個穿著雞尾酒會禮服的女模在走臺步，其中之一是阿曼達。你感到頭暈目眩。你回到自己的書桌坐下，細細看那照片。是阿曼達沒錯。你甚至不知道她人在紐約。你最後聽到她聲音的那一次，她還在巴黎，說要準備留下來。如果她懂點做人的基本禮貌，那她回來之後應該打個電話給你的。但，又有什麼好說的？

為什麼她非得這樣出沒在你四周不可？為什麼她就不能像其他人那樣，當個普通的上班族？她在離開前夕告訴你，她簽了一支廣告看板合約。自此之後，你都預期會在你們公寓對面的大樓外牆看到她巨大無比的臉。

「我想我們全都有資格為她感到自豪。」里騰豪斯說。

「什麼？」

「你沒怎麼樣吧？」梅根問你。

你搖搖頭，把報紙摺起來。**死於血癌，泰德說。**梅根告訴你克拉拉還沒到公司。你謝謝她那通起床號電話。韋德問你處理完那篇法國的文章沒有，你回答說：

「多多少少。」

在每個月的第一個星期二，查證部每個人都會分到一則短篇文章，要負責查證。在這些已經分配好的文章裡，你那篇的內容是報導「極地探險家學會」今年在荷蘭謝里舉行的年度會議和餐會。可以猜想得到，這些極地探險家都是些怪胎。他們戴著潛水錶，身上掛著些不知哪來的軍隊動章。餐會的開胃菜包括了鯨脂和配著西吉餅乾吃的煙燻國王企鵝肉。你在「國王企鵝」幾個字下面畫上線，打算要查查這個字拼得對不對，以及查查國王企鵝肉是否可吃。另外也要查證「西吉餅乾」一詞的拼法。就像克拉拉說過的，在事實查證部裡工作，再謹慎也不為過。因為如果你搞錯了一種商標的名字，它的廠商就會跟你沒完沒了。又如果世界上沒有國王企鵝這東西，或者它的正確名稱應該是王后企鵝的話，那麼，到了下星期，收發室肯定會收到三百封讀者寫來的抗議信。這雜誌最狂熱的讀者正好是那些對企鵝知道得最多的人：鳥類學看來是他們最喜歡細細審視的領域，而最細小的錯誤或模糊都會引來多如雪片的糾正信。只不過上個月，一篇報導野鳥餵飼活動的文章才引起過一場風暴。讀者抗議說，康乃狄克州斯托寧頓市人家的野鳥餵飼器[21]絕對不可能會出現某種雀類（作者說他看到過一對）。抗議信至今還一直進來。「教主」為此把梅根召去問話（文章是她負責查詢的），又向奧杜邦學會徵詢意見。事情目前還在研究之中。你曾以此為靈感，寫了一篇題為〈曼哈頓之鳥〉的諷刺小品：你的同事讀了都覺得有趣，但稿子在你寄到樓上的小說部去之後便音訊全無。

你為查證手上文章而去的第一站是《大英百科全書》的E字冊。你找不到Emperor Penguin（國王企鵝）的條目，但「胚胎學」條目的內容卻引人入勝，還附有連續插圖，顯示受精卵會在十天後變化為蠑螈的樣子，然後在第十週變得粗具人形。最後，你把E字冊送回書架，把P字冊抽了出來。P字冊是你的最愛：Paralysis（癱瘓）、Paranoid Reaction（被害妄想反應）、parasitology（寄生蟲學）。「寄生蟲學」條目的內容有趣又長人知識，分別有談論根足蟲、纖毛蟲、鞭毛蟲和孢子蟲的專節。Pardubice（巴爾杜比采）是捷克東波希米亞地區的一個小鎮，也是布爾諾—布拉格鐵路的重要聯軌點。Paris（巴黎）條目附有圖片。Pedro（佩德拉）是五個葡萄牙國王的名字。最後終於出現了Penguin（企鵝）詞條，據它的描述，這種動物不會飛，走路姿勢笨拙——你知道那是什麼感覺。國王企鵝最

㉑設在屋外用來裝盛餵飼野鳥飼料的裝置。

高可以長到四英尺。沒提到牠的肉可不可以吃。圖片中的國王企鵝像極了那些穿著盛裝前往荷蘭謝里參加餐會的極地探險家。

查證部裡人聲嗡嗡，人人都忙於查證各種細節。韋德剛跟一個發明家通過電話，對方剛獲得第一百項專利權：一種自動旋轉的鼻毛修剪器。那發明家告訴韋德，馬桶自動沖水革命其實也是他的發明，但大公司把這個構想偷走，賺了幾百萬美金。在細細說明過自己受到多不公平的對待之後，他卻又說自己不應該談這些，因為事情已經進入了司法程序。聽到韋德轉述的這些趣聞理應可以讓你稍微放鬆心情，不過你的笑聲裡卻帶著一種假裝的味道。你發現你難以專心聽別人說話，也難以明白你假裝在處理那篇文章裡頭的字句。你把同一段文字讀了一遍又一遍，設法回憶起「事實」與「主觀意見」的分別何在。你應該打電話給「極地探險家學會」的會長，問問他某個會員真是戴了海象皮造的頭飾赴宴嗎？這問題重要嗎？為什麼「西吉餅乾」的拼法怎麼看怎麼怪？你反覆往門上看去，準備好隨時會看到克拉拉。一些古怪的法文片語不斷從你的腦袋裡冒出來。

第一件要做的事是打電話給文章的寫手，問他是不是有別人（有的話便給你電話號碼）可以證實「極地探險家學會」的確存在，證實文章提到的餐會的確舉行過，證實這一切全是事實而非虛構。再來是查證文中提到的各個人名，包括要查出是不是確有其人，是的話拼法又是否無誤。

這時，里騰豪斯宣布他剛接到克拉拉的電話：她生病了，無法來上班。這正是你翹首以盼的死刑暫緩執行令。一直緊緊勒住你心臟的那條大蟒蛇鬆開了。克拉拉會不會一病不起呢？這種事不是不可能的。

「實際上，」里騰豪斯繼續說，「她說的是『早上』無法來上班。她不確定自己下午會不會好一點，可以來得了。」他停下來，托了托眼鏡，思考是不是還有什麼必須補充，最後說：「任何有需要徵詢她什麼的人可以打電話到她家。」

你問里騰豪斯，克拉拉還有沒有其他交代。

「沒什麼特別的。」他回答。

現在你得到了一個救贖的機會。一天的工夫也許可以讓你給那篇法國文章來個撥亂反正。你可以請排字房的人擠出幾小時給你。你應該可以在半小時內把企鵝擺平，然後回過頭對付法國大選。

Alors! Vite, vite! Allons-y!（法文：快！快！事不宜遲！）

§

你在一小時後把「極地探險家」搞定。這時已是中午過後一點點，你的精力開始低落。你需要的是吃點午餐，讓你恢復元氣，讓你以更新過的精力回過頭去搞法國選舉。也許，吃個夾著火腿和布里乳酪的魔杖麵包，可以讓你進入恰如其分的思維架構。你問有誰需要外頭世界的任何東西。梅根託你幫她買一個貝果。

前往電梯的路上，你看到阿歷斯．哈地站在飲水機面前，凝視碧綠色的玻璃水缸。你經過時他嚇了一跳，抬頭看到只有你一個人才放下心來，說了聲「哈囉」。他把頭轉回到玻璃水缸，說道：「我是在想，裡面其實可以放些魚。」

阿歷斯是小說部的榮譽退休主編，是前朝留下來的古董（他每逢提到本雜誌社那些德隆望尊的創辦人，都是用他們的暱稱）。他本來只是辦公室雜工，後來以一些描寫曼哈頓上流社會生活的挖苦短篇躋身作家行列，但出於一些不明原因，他後來突然封筆，成了一位主編。他發掘和鼓勵過一些你從小愛讀的作家，但已多年未再發掘過任何人，而他目前在雜誌社的唯一功能只是充當「傳承和傳統」的象徵。在你進入雜誌社工作之後，他只寫出過一篇短篇。沒有人知道他是因為愛喝酒才導致寫作事業走下坡，或者是反過來。你相信，這一類事情很多時候都是互為因果。每天早上，他都若有所思，說話也很風趣（但有點宿醉未醒的樣子）。到了下午，他有時會逛到事實查證部來回憶些往事和緬懷昔日。你相信他喜歡你（前提得是他有喜歡誰的話）。他在你投稿的好幾篇短篇小說都附上詳細意見，具有鼓勵性。他把你的作品當一回事，哪怕你的投稿最終會去到他手上，正代表小說部的人沒有把它們當一回事。你對這個人有感情。雖然其他人都把他視為一艘沉船，你卻對他抱有幻想：幻想在他的指導下，你開始寫作和發表作品，而他也因為你的緣故而重新找到人生的目的感。你們會成為一對亦師亦友的組合，就像是柏金斯和費茲傑羅的翻版。然後過沒多久，他將會進而拔擢新一代的俊秀（你的弟子），而你也會從創作的「早期階段」進入到「成熟階段」。

「換成是老一代的人，」他說，「一定會想到把一些暹羅鬥魚放在玻璃水缸裡。」

你想要接些像是「好讓魚咬你」之類的俏皮話，卻想不太出來。

「你要去哪？」

「吃午飯。」你不假思索地回答，但才一說出口便後悔了。上一回你告訴阿歷斯要去吃午飯，結果是需要別人用擔架抬你回來。

他看看錶。「這個主意不壞，介意我加入嗎？」

這時，你才要找藉口推託（說你約了朋友之類的）已經太遲了，而且會顯得無禮。不過，你用不著跟他一杯接一杯。你甚至一杯也不必喝——哪怕喝一杯死不了人。來一杯將可以消除你的頭疼。你只需要告訴他有一篇趕著送印刷的稿子等著你處理，他自會諒解。畢竟，你現在用得著一個親切的人陪伴。你甚至可以考慮向他傾訴你的一些煩惱。阿歷斯這個人熟悉煩惱。

「你有考慮去讀個MBA嗎？」他問。你們坐在第七街一家牛排屋（阿歷斯帶你來的），那是《紐約時報》記者和其他嗜飲者愛到之處。他把菸灰彈在他的牛排上頭——這牛排從頭到尾都沒動過，已經冷掉了。他先前便告訴過你，現在已吃不到好牛排。牛肉都不再是從前的樣子：牛隻全都受到強迫餵飼，而且注射了荷爾蒙。這時他正喝著他的第三杯伏特加馬丁尼。你試著把你的量延伸到第二杯。

「我並不是說你就得改行從商。我只是建議你寫它。這是現在的熱門題材。讀商的傢伙現在都準備寫這種新文學。華里．史蒂芬斯㉒說過，金錢就是某種類型的詩。可他並沒有遵從自己的建議。」他告訴你，美國文學有過一個黃金時代，那是由「老爹」㉓、費茲傑羅和福克納所共同締造的；然後是一個白銀時代，他自己也在其中扮演一個小角色。他認為文學現已進入到青銅時代，而小說也走進了一條死胡同：它無法跑但也無法躲。所以，新的文學應該是關於技術的，關於全球經濟的，關於財富的電子起落的。「你是個靈光的小夥子，別被文學是藝術之類的鬼話給拐了。」

他又囫圇喝掉兩杯馬丁尼，這時候你的第二杯還未見底。

「我嫉妒你，」他說，「你幾歲？二十一嗎？」

「二十四。」

「二十四，真好。有一整個人生等在前頭。你單身，對不對？」

你先是說「不是」，然後又說「對」。「對，單身。」

「你得要去創造自己的人生。」他說，哪怕他剛剛才告訴你，你將要繼承的那個世界既沒有好的牛肉也沒有好的文學。「我的肝全都是酒精，」他說，「我的肝已經不行了，而我的肺又得了肺氣腫。」

㉒華里．史蒂芬斯（Wally Stevens）：美國現代主義詩人。

㉓指海明威。

侍者把新的酒端來，又問阿歷斯牛排是不是有什麼問題，需不需要什麼別的。阿歷斯回答說牛排沒什麼大問題，打發侍者走開。

「你知道這年頭何以有那麼多人搞同性戀嗎？」他在侍者離開後問你。

你搖搖頭。

「就是因為打在牛肉裡那些天殺的荷爾蒙。一整代人都是吃這個長大。」他自顧自地點頭，直視你的雙眼。你擺出一種恍然大悟和雄赳赳的表情。「你最近都在讀哪些人？」他問，「告訴我有哪些嶄露頭角的年輕作家。」

你說了兩個最近讓你很熱中的名字，但阿歷斯的心思早已飄遠，眼皮眨個不停。為了讓他回過神，你問了他福克納的事情。他告訴你，在四〇年代，他和福克納曾一起編劇，在好萊塢一間辦公室共事過幾個月。期間，他們三天便生產出一本泡過波旁威士忌和妙語如珠的劇本。

當你在人行道向阿歷斯說再見的時候，他幾乎渾然不覺。他的鼻子對著辦公室的方向，眼睛裡蒙著一層酒精和陳年回憶的薄膜。你自己也有一點點眼花，所以絕對有必要先散一下步以清醒頭腦。時間尚早。你站定在那個有「通過」和「不可通過」號誌的街角，瞪著那個失蹤女孩瑪麗・奧布莉安・麥肯的照片看。有誰拍了拍你肩膀。

「喂，老哥，想不想買隻白鼬？」

那傢伙和你年紀差不多，臉上有著粉刺留下的疤痕，眼睛閃爍不定。他手上用鍊索牽著一頭動物，那模樣和穿著皮裘的達克斯獵犬不能說不像。

「這是白鼬？」

「我可以打保證。」

「牠有什麼用？」

「可以充當最好的話題，保證可以讓你釣到一堆妞。如果你的公寓有老鼠，牠也會幫你搞定。牠的名字叫弗瑞德。」

弗瑞德外型優雅，看起來很懂規矩。不過你憑經驗得知，外表是會騙人的：那輛你買自一個舊車場的「奧斯汀希雷」和那只號稱真貨的「卡地亞」都是證據。另一個證據是你老婆。但你忽然想到，白鼬會是「事實查證部」這個偵探部門的最好吉祥物[24]。你自己並不需要寵物（因為你連自己都照顧不了），但弗瑞德說不定會

[24] 英語的白鼬（ferret）一詞又可解作偵探。

是克拉拉的理想友伴，所以，何不送她一隻白鼬作為分手禮，以表示你對她還有好感？

「多少錢？」

「一百塊。」

「五十。」

「一口價，八十五塊。這是我的底線。」

你告訴他你要先到附近買別的東西。他給你一張名片，上面印著一家成人雜誌書店的名字。「就說要找吉米，」他說，「我還賣野豬和猴子。我的價錢無人能敵。我是瘋子。」

你向東穿過第四十七街，從一些折扣銀樓的櫥窗經過。一個腋下夾著一疊單張的叫賣者站在一扇店門前吆喝：「金與銀，買與賣；金與銀，買與賣。」你猜，跟他打交道的時候，買方是不會問問題的。歡迎頸鍊強搶者㉕。你停下來欣賞一件鑲了祖母綠的三重冕——這東西無異是你送給你下一位「一天女王」的最佳禮物。不過，如果你真有錢，就不會來這種地方。如果你真有錢，你會用一個鑲有Gem-O-Rama字樣的珠寶盒去哄你的夢幻女郎。你會直接驅車到「Tiffany」或「卡地亞」，坐在總裁辦公室的一張椅子上，要他們把好東西拿到你的面前供你檢視。

哈德西派猶太人在這條街上來去匆匆，人人手上都拿著帽子，遇到同類時會停下來談兩句，但眼睛會低下來，以免不小心看到穿迷你裙女人的大腿。你在高譚書店的櫥窗看了看有什麼新書，臨走前不忘看看店招上的著名標語：**聰明人在此挖寶**。

去到第五大道之後，你穿越馬路，走到「薩克斯」精品百貨公司。你在一面櫥窗前停步。裡面有一個按照阿曼達樣子複製的人體模型。當初，為了做出模型的模子，阿曼達在一缸糊狀的乳膠裡躺了九十分鐘，期間只靠吸管呼吸。她在做出模子幾天後便去了巴黎，自此你再沒有看過她。你站在櫥窗前面，設法回想她是不是長得就像這人體模型的五官。

㉕即直接從別人脖子上搶走頸鍊的搶匪。

覆水難收

你倆是在堪薩斯城相識，當時你在那裡當記者（你大學畢業後的第一份工作）。先前，你在東西兩岸和國外都住過，但對美國的中部地帶基本上一無所知。你相信，某種真理和美國的美德就隱藏在這心臟地帶，而身為作家，你當然會想要去叩問它。

阿曼達自小在心臟地帶的核心長大。你是在一家酒吧遇到她，只覺得自己簡直走了狗屎運。你絕不可能鼓得起勇氣上前搭訕，沒想到她卻走過來，找你聊天。你心裡想：**她長得真他媽的像個模特兒，而她自己竟然不知道**。你相信，她那種純樸坦率是心臟地帶居民的典型氣質。你想像她背對著日落，膝蓋埋在琥珀色小麥波浪裡的樣子。她那種笨拙的優雅風姿讓你聯想到剛出生的小駒。她有一頭小麥顏色的頭髮——至少在你想像裡是這樣，因為你雖然已經在堪薩斯州待了兩個月，卻還沒有見過任何小麥。在這兩個月，你大部分時間都是花在旁聽市區規劃委員會的會議、報導各個購物商場的不同和新社區發展計畫的浸透測試。每天晚上，你因為嫌你住的公寓太靜，都會帶本書找家酒吧喝酒看書。

她以為你來自曼哈頓。事實上，不管你說你來自麻省、新英格蘭還是只說來自東岸，每個堪薩斯人都認定你是紐約人。她問了你有關第五大道、卡萊爾飯店和54俱樂部的情形。她顯然是從雜誌上讀到這些地方，而且知道得比你多。在她的想像裡，美國東北部是一個以曼哈頓的玻璃帷幕大樓為中心、向四周蔓延的鄉村俱樂部。她又問你常春藤聯盟的事情，似乎是誤把它當成某種正式的組織。當晚，把你介紹給室友認識時，她稱你是常春藤聯盟的成員。

不到一星期，她便搬進你的住處。她在花店工作，但一直想要上大學。你的教育程度讓她汗顏和興奮。她渴望上進的態度讓你感動。她要你幫她開一張書單。她問你打算什麼時候出書。你倆全部的計畫都是指向高譚㉖。她希望住在中央公園一

㉖紐約的別稱。

帶，而你希望可以成為紐約藝文圈的一員。她寫信向紐約各大學要來簡介，又幫你要投寄的履歷打字。

你對阿曼達的幼時生活知道得愈多，就愈不奇怪她何以會渴望有個新的人生。她父親在她六歲那年離家，去了某處的油田工作。阿曼達最後一次收到父親消息時，他人在利比亞（他寄給她一張印有清真寺照片的聖誕卡）。十歲那年，她隨媽媽搬到內布拉斯加州一個遠親的農場，但那裡不太像個家。然後她媽媽嫁給一個穀物飼料推銷員，母女兩人於是再搬到了堪薩斯城。那名推銷員難得回家，每逢回家就對媽媽動粗，對女兒色迷迷。阿曼達必須設法保護自己：你猜她媽媽並不太關心她。十六歲那年，她離開家裡，搬去和男朋友同居。這段關係維持到你倆認識之前的幾個月。那男的不告而別，只留下一張字條，表示要去加州發展。

她的童年比大部分人要黯淡無光，所以，每當你發現她有什麼可挑剔的缺點，都會提醒自己，她值得你的體諒。

你倆在堪薩斯城住了八個月，期間只去過她媽媽家一次。阿曼達一路上都擔驚受怕和悶悶不樂。她媽媽住在一條無樹街道的一輛活動車屋裡，阿曼達喊她作唐莉。你猜測，那個穀物飼料推銷員已經消失了。狹促的起居室裡凝聚著強烈的緊張氣氛。唐莉是個菸槍，她向你拋媚眼，還有事沒事便戳女兒一下。你看得出來，唐莉過去都是靠一張臉蛋混飯吃，而她現在痛恨且嫉妒女兒的年輕。母女倆長得極像，唯一不同的是唐莉有一個大胸脯——這一點她本人也暗示過好幾次。你敢說阿曼達以她媽媽為恥：既以牆上掛著的絲絨畫和水槽裡未洗的碗盤為恥，也以她媽媽是個美容師為恥。當唐莉上廁所的時候，阿曼達拿起放在電視機上的參觀紀念品（一尊自由女神像），說道：「看看這個，這東西就是我媽媽的縮影。」她看來是害怕你會誤以為這東西是她所有，害怕你會以為她品味低俗，害怕你會把她看成和唐莉一樣的人。

兩年後，你倆邀請唐莉到東岸參加你們的婚禮。她未能成行，讓阿曼達如釋重負。至於寄給她爸爸的請柬則是原信退回，上面蓋了一堆阿拉伯文的郵戳。所以，婚禮當天，教堂裡沒有女方的近親，唯一可顯示阿曼達在來到紐約之前還有一段過去的，只有兩個年邁的遠親。但這看來正合她意。

你倆剛回到東岸的時候，雖然你父母對你倆的同居計畫並不熱中，但並沒有干涉，也把阿曼達當成家人看待。你媽媽從來不會趕走一頭流浪狗，也從不會在聽到世界任何地方有小孩子吃苦時不自動拿出支票簿來。她像歡迎一個難民般地歡迎阿曼達。阿曼達需要有歸屬之處正是她的吸引力之一。情形就像你在雜誌上讀到的一則廣告：「你可以翻頁，但你也可以選擇拯救一個小孩的生命。」而這個小孩現在**就在眼前**，既漂亮又設法討你們喜歡。早在結婚之前很久，她便已經喊你父母「爹地」和「媽咪」，又稱你們在貝克斯的老家為「家裡」。你的家人全都為之動容。就你記得，如果說你家人有過任何保留的表示，那就是你爸爸有一次問你，你認不認為你和阿曼達的背景差異長遠來說會是個問題。

在你比較認真思考結婚的問題以前，所有人便已認定你們馬上會結婚。經過兩年同居，大家更視為理所當然的事。但你卻不自在，不確定自己是否已經享受夠人生。阿曼達對你的拖延感到洩氣，她老是說她知道你總有一天會離開她。她顯然是相信，結婚可以拖延甚至取消你的離開。讓你猶豫的另一個理由是，你覺得你的深度是她無法完全了解的，而你也無法測度到她的深度——有時你甚至會害怕她完全沒有「深」的可言。但你最後把這種心態定位為一種不切實際的年輕人完美主義。長大所意味的正是承認你不可能擁有一切。

求婚過程沒有太多羅曼蒂克成分。事情發生在你參加一個朋友的派對而徹夜不歸之後。你快要天亮才躡手躡腳走進家門，卻發現阿曼達還沒睡，正在起居室看電視。她大發雷霆。她指責你的行為像個單身漢。她說她想要的是一個可以託付終身的男人，不是她媽媽老是從外面帶回家的那種流浪漢。你的內疚因為頭疼而加劇。太陽正在升起，而你覺得她言之有理。你是個壞孩子。你想要改變你的人生。你想要補償阿曼達的不幸童年。於是，你問她是不是願意嫁給你。在發了一陣強烈的怒火後，她點頭答應。

剛到紐約時，你納悶阿曼達可以做些什麼。她一直說想念大學，但等到要填寫一大堆申請表格時，她又變得興趣缺缺。她不太確定自己想做些什麼。到紐約後的頭幾個月，她每天都只是看電視。

每個阿曼達碰到的人都說她是當模特兒的料。有一天，她在走過一家經紀公司時停下腳步，回家時帶著一紙合約。

剛開始她表示自己討厭走秀，而你認為這是一種有個性的表現。你認為，只要她沒有認真看待模特兒的工作，那當模特兒便無傷大雅。稍後，當她把愈來愈多收入帶回家之後，你愈發覺得這職業不是那麼教人反感。她每星期都會說一次她準備辭職。她討厭攝影師，討厭皮條客似的經紀人，也討厭天花亂墜的廣告宣傳。她對自己靠外貌賺錢有罪惡感，也不信任外貌可以代表一個人。你問她，難道她覺得當祕書會有趣？你勸她先忍耐，等存夠了錢，她自然可以愛做什麼便做什麼。

你相信，只要她不是打心底喜歡模特兒的工作，那當模特兒就沒什麼大不了。你倆都取笑「真正的」模特兒：笑她們給自己弄出潰瘍、疱疹等等一堆病，笑她們以為更年期是從二十五歲開始。你倆都鄙夷那些因為應邀參加X先生在「魔幻夜總會」舉行的生日狂歡會而竊喜不已的人。但你倆還是去了X先生的生日狂歡會，而在阿曼達忙於應酬之際，你到樓上房間吸了一些主人好友帶來的粉紅色祕魯雪花。

她的女經紀人常常教訓她，當模特兒就應該當得專業，不要老是到收費十美元的地方做頭髮。阿曼達為此感到失笑，又在你面前模仿她說話的調調。這位老經紀人是五〇年代的著名模特兒，有著女舍監的言談舉止和一顆老鴇的心。不過，過了幾個月之後，你倆開始在較高級的餐館用餐，而阿曼達也開始改去上東區做頭髮。

第一次去義大利演出秋裝展時，她在機場裡哭了起來。她提醒你，過去一年以來，你倆從未曾分開過一晚。她說她不想去了，讓走秀見鬼去吧，經過你百般勸說才回心轉意。去義大利之後，她每晚都會從米蘭打電話回來。再後來，分隔兩地對她似乎變得沒那麼難受。你們必須無限期地把蜜月延後，因為婚禮後三天，她便去演出春裝展。

這期間你也忙於工作。有好幾晚，你都是在她就寢之後才回到家。早上，當你隔著早餐桌望向她時，她的眼神常常彷彿是穿過了公寓的牆壁，越過了半個大洲，望向中部大平原，就像是她把什麼遺漏在那裡了但又想不起來是遺漏了什麼；她的眼神就像她家鄉一樣廣袤平坦。有時她又會兩肘支在桌子上，在手指上捲曲一綹頭髮，頭側向一邊，就像是在聆聽風裡的什麼聲音。她身上總有些什麼讓人捉摸不透，讓你既感到神祕又忐忑不安。你懷疑連她自己也不是太知道自己真正嚮往的是什麼。她曾經把嚮往寄託在不同的事情上：你、她的工作、擁有物質與花錢、她失蹤的父親。她一度把婚姻視為最高嚮往，但等到你們結了婚，她又開始渴望些別的什麼。不過，她有時又會特地為你煮一道精心的晚餐，在你的公事包或抽屜裡留一張表達愛意的字條。

幾個月前，要收拾行李遠赴巴黎工作時，她一面收拾一面哭。你問她是怎麼回事。她說這趟出差讓她神經緊張。她的情緒在計程車到達時恢復了平靜。你在門邊親了她，她交代你記得要給盆栽澆水。

後來，你在她預定回國那天接到她的電話。她的聲音很不自然。她說她不準備回家。你一頭霧水。

「妳是要改搭晚一點的飛機嗎？」

「我打算待下來。」她說。

「待多久？」

「對不起。我希望你能好過點，我是真心希望。」

「你在說什麼！」

「我下星期要到羅馬為《時尚雜誌》拍照，然後再到希臘走秀。我的事業真的需要我留在這邊。我真的不是想傷害你。我很抱歉。」

「事業？」你說，「妳是從他媽的什麼時候起把走秀當成『事業』？」

「我很抱歉，」她說，「但我真的得要出門了。」

你要求一個解釋。她說自己一直過得不快樂。現在她感覺快樂了。她需要空間。她說了聲再見，匆匆掛上電話。

用越洋傳真與電話查了三天之後，你得知她住在塞納河左岸一家飯店。接到你的電話時，她的聲音顯得疲憊。

「妳有了別的男人嗎？」你問，這是個在你心頭盤桓了三個無眠之夜的疑問。

這不是重點，她說，但沒錯，她是有了別的男人。對方是個攝影師。八成是那種自稱為「藝術家」的攝影師。你難以置信。你提醒她，她說過所有攝影師都是男同志。

「皮耶是例外。」她說，這話讓最後一根維持你心臟完整的肌肉組織為之繃斷。當你稍後再打給她，她已經退房了。

幾天後，一個聲稱代表阿曼達的律師打電話給你。他指出，你最簡單的方法是控告他的客戶「床第遺棄」。那只是個法律用語。他的客戶將不會抗辯。你倆可以把財產平分，但他的客戶堅持要分到銀餐具和瓷器。你掛上電話後嚎啕大哭。**床第遺棄**。那律師幾天後再打來，表示車子和聯合支票帳戶都可以歸你所有。你說你想知道阿曼達人在哪裡。他回你電話時，問你要多少錢才願意離婚。你喊他老鴇。

「我要求一個解釋。」你說。

這是幾個月前的事了。你沒向任何同事透露。每當他們問及阿曼達的近況，你都說她很好。你爸爸也不知情。你們通電話的時候，你說你諸事順利。你相信，作為子女的責任，是讓自己看起來快樂和富裕。在他為你做了一切之後，這至少是你可以為他做的。你不想讓他為你心煩，而事實上，他自己的煩心事也已經夠多了。

另外，你也覺得，倘若你把水潑出去，就再也收不回來。如果你爸爸知道真相，將永遠都不會原諒阿曼達。只要她還有一點點回心轉意的可能，你都不願意老人家知道她曾經不忠。你想要一個人扛起痛苦。雖然老家離紐約只有兩小時的車程，但你卻拿工作和要陪諾貝爾獎得主參加派對為藉口，留在城裡。你固然遲早都要回去，但你希望能拖多久是多久。

你站在第五大道的薩克斯精品百貨的前面，目不轉睛地看著那具人體模型。上星期有一天，當你開始對著這具模型大吼大叫時，有個警察走過來，要你走開。這就是阿曼達最後的模樣：眼神空茫，雙唇緊抿，沉默不語。

她是幾時變成一具人體模型的？

回到辦公室後，你要為法國選舉追查事實的決心已經改變了。你此刻最想要的是到樓上那些空辦公室打個盹，但你又無法不留在原地。所以，你就用四茶匙的麥斯威爾給自己泡了一杯即溶的濃縮咖啡。梅根告訴你，一共有三通電話找過你：一通是極地探險家學會的會長打來，一通來自法國，第三通來自你弟弟麥克。

你走進克拉拉的辦公室，想要拿回那篇校樣，但東西已經不在了。你問里騰豪斯這是怎麼回事，他說克拉拉來過電話，交代把稿子送到排字房。她又吩咐把一份影印本送到她住處。

「也好。」你說，不確定自己是萬分驚恐還是鬆一口氣。

「你還想做最後一分鐘的修改嗎？」里騰豪斯說，「我確定還有時間供你做最後一分鐘的修改。」

你搖搖頭。「真要改徹底的話，得要三年時間。」

「我想你是不記得貝果的事了。」梅根說，「別在意。我其實不餓。我不應該吃午餐的。」

你向她道歉。你請求她原諒。你說有太多鳥事讓你心煩。你說你一向記不住小事。你可以說出西班牙無敵艦隊的覆滅日期，卻說不出自己的收支狀況。你每天不是找不到鑰匙串就是找不到皮夾，這是你老是上班遲到的理由之一。每天早上光是要趕到辦公室就已經千辛萬苦，更遑論是要記得別人交代過你什麼。你無法專心聽別人說話。太多太多的小事了……

「對不起，梅根。我真的非常非常抱歉。我就是把一切都搞混在一起。」

所有人都看著你。梅根走過來，伸出一隻手摟住你肩膀，用另一隻手輕撫你的頭髮。

「放輕鬆，」她說，「不過就是個貝果嘛。坐下來，放鬆自己。一切都會順順當當的。」

有誰給你送來了一杯白開水。沿著窗戶，盆栽形成一條叢林天際線，像一幅簡單生活的綠色活人畫。你想到了島嶼、棕櫚樹、食物採集。你想要逃到天邊去。

她住哪裡的時候，她起了疑心，及至談話內容轉向電影這個中性話題之後，才又興致勃勃起來。她告訴你，她是三〇和四〇年代喜劇（劉別謙、卡普拉、庫克）的粉絲。「你有看過『天堂裡的煩惱』嗎？」她問。有，你當然看過。「電影早已不是從前那個樣子了。」她說，然後又暗示某個你倆都認識的影評寫手品味低劣，還有一張臭嘴。瑪麗安娜對雜誌社一向忠心耿耿，不免擔心有些一心往上爬的人會從內部顛覆出版社。她憂心「教主」會誤信一些馬屁精的壞建議。她鑽到一個放著雜誌合訂本的櫃子，找出一九七六年的合訂本。她翻動書頁，在其中一頁指出一個四字詞，告訴你這是本雜誌第一次出現髒字。那篇東西無疑只是一篇小說，而它的作者無疑又得過美國圖書獎，但一個髒字卻代表著堤壩開始崩潰。她相信，堅守原則是一家雜誌社的無上守則。「如果我們都不對髒字說不，那還有誰會說？」你覺得她這套門面倫理學讓人感動，幾乎讓人難忍悲痛。

「不只是髒字，還有廣告。」你說。「看看那些廣告：拿著香菸做出性暗示動作的女人，乳溝裡的鑽石，無處不在的乳頭。」

「真的是無處不在，」她附和說，「你知道今天早上有個小孩在地鐵站對我說什麼來著？他頂多八歲或十歲。」

「他說了什麼？」

「我甚至不好意思複述。真的是難以置信。」

你太知道何謂「難以置信」。你甚至不會去想它，更遑論複述它。

稍後，你去到三十樓一間空辦公室（它的主人正在休假——去了戒癮中心）。你需要打一通私人電話。你把要說的話大聲彩排一遍，說的時候設法裝出英國腔。於是，你深呼吸一口氣，打了阿曼達經紀公司的電話。電話另一頭是一個你沒聽過的聲音。你自稱是個攝影師，有興趣找阿曼達・懷特合作。她在紐約嗎？接電話那個女人顯然是新來的，不然不會那麼直率地披露消息。經紀公司的一貫政策是：把所有來電的男人都當成潛在強暴犯，直至證實並非如此才會鬆口。那個女人告訴你，你很幸運，因為阿曼達剛回到紐約，會待上兩星期。「你知道，她是以巴黎為基地。」她說。你問她阿曼達最近是不是有什麼演出，因為你想先看看她走臺步再跟她聯繫。對方提到星期四有一場演出，然後你聽到有什麼人對她說話。

「我可以請問你的大名嗎？」那女的問，忽然變得警覺和公事公辦起來。但這時你已把話筒掛回電話。現在，你需要做的只是查出那場秀的舉行地點，而這一點都不難：你只消打電話給一個在《時尚》工作的朋友，便可馬上知道答案。在你的腦海裡，報復的畫面和言歸於好的畫面展開了天人交戰。

從室內樓梯走下樓時，你瞄到克拉拉正大步走入事實查證部。你馬上轉身，拔腿往上跑，再躲入「小說部」的男廁避風頭。你固然知道自己遲早都得面對她，但遲比早好。愈遲愈好。目前你的內在均衡狀態弱不禁風。也許，未來哪一天，你們將會把酒言歡，一笑泯恩仇。那將會發生在你的人生傳記從「荒唐年少歲月」一章轉入「嶄露頭角」一章之後。到時候，總是能寬恕員工的雜誌社將會自豪地把你視為它的一員。你樂於在這中間的年月呼呼大睡，直至「荒唐年少歲月」章節結束才醒來。目前，你需要的是一卡車的「利眠寧」和一趟漫長美好的昏迷。

當華特．泰勒推開廁所門時，你正對著鏡子端詳自己的臉。他是旅遊文學主編。你常常不知道要怎麼跟他打招呼，這是因為，他有時會很在意自己的高階主管地位和新英格蘭世家的血統；而另一些時候又會表現得純粹像是一個洋基球迷。如果你猜錯他當時的心理狀態，肯定會把他得罪。有時候，一個低階雇員逕稱他的名字會讓他覺得刺耳；而在另一些時候，太正式的稱呼又會傷害他熱烈的同志情誼。所以這一次，你只是點點頭和說了聲「哈囉」。

「我一直想找個事實部的人問一問，」他說，一面在尿斗前面就定位，「克拉拉尿尿是上男廁還是女廁。」

現在你有線索了。「我認為她不需要尿尿。」

「真絕。」他說。他要過一陣子才尿得出來，這段時間為了填滿寂靜，他問：「喜歡待在下面嗎？」聽起來就像你是上星期才來的新人。

「一句話，我寧可待在小說部。」

他點點頭，然後專心辦正事，事畢後問你：「你也寫東西，對不對？」

「只是隨意想什麼寫什麼而已。」

「嗯。」他抖抖下體，拉上褲鍊。走到門邊的時候，他轉過身，以一種認真的眼神看著你。「讀讀哈茲里特㉗的東西吧，這是我的忠告。」他說，「讀讀哈茲里特，並在每天吃早餐前寫點東西。」

真是個會讓人畢生難忘的忠告。我也要給他忠告：如果他想回到辦公室後褲襠仍然保持乾爽，剛才就應該再多抖一兩下。

㉗哈茲里特（William Hazlitt, 1778-1830）：英國散文家、評論家。

你往電梯的方向走去。某個你從未見過的穴居人從一扇辦公室門後探出頭，又馬上縮了回去。在走廊的轉角處，你差點就跟「幽靈」撞個正著。

「幽靈」把頭側到一邊，盯著你看，眼皮眨個不停。你說了聲午安，自動報上身分姓名。

「對啊。」他說，就像早知道你是誰。他喜歡給人一種印象：他的隱遁給了他一個優勢，讓他可以冷眼旁觀一切，知道的比你以為的多。你以前只見過這號傳奇人物一次——據說他為了寫好一篇文章，迄今已磨了七年。

你說了聲抱歉，快步離開。他也是快步走遠，而且腳下無聲，就像是穿了溜冰鞋。你毫髮無傷地逃出了大樓，只有外套遺落在事實查證部。

那是個溫暖潮濕的下午，顯然正值春天，不是四月底便是五月初。阿曼達是在一月落跑的。她打電話回來的那個早上，路上還積著雪。一片白茫茫在中午時變灰變髒，然後消失到排水溝的格柵裡去。花店在中午前打電話來，問你為阿曼達訂的花束是否照原定計畫送貨。當你後來得知自己被背叛之後，這一切都變成了象徵和諷刺。

你遁入第四十四街一間愛爾蘭人開的酒吧。那是一個人人互不相識的好所在，每個人的心思都放在喝酒和看體育節目上。長形酒吧的遠端有一片大大的電視螢幕，正在播放什麼賽事。你在吧檯一張旋轉凳坐下，點了杯啤酒，然後把注意力放在螢幕上。正在播的是籃球比賽。你本不知道一年中的這個時候是籃球時節，但你喜歡看著兩群人把一個球爭過來、爭過去，覺得很有安撫情緒的作用。坐你旁邊的傢伙轉過身，對你說：「那些該死的笨蛋不知道要怎樣應付全場緊迫盯人。」

你點點頭，往嘴巴灌了一口啤酒。他似乎等著你回應，所以你便問他，賽事進行到第幾局。

他上下打量你，眼神就像你手上拿著本詩集或是腳上穿了雙搞笑的鞋子。「第三『節』。」他說，然後掉過頭去。

你多次下決心要培養運動的專業知識。你愈來愈意識到，運動的細節攸關男性的「哥兒們」感情。你清楚了解到自己的無知。你被排除在這個國家最大的一個兄弟會的外頭。你希望自己走進一家酒吧或小吃店之後，可以跟別人聊某一筆季中球員交易有多麼愚不可及。你希望自己可以同時跟貨車司機、股票經紀都哈拉得起來。念中學的時候，你從事的運動都是單人運動：網球和滑雪。你不確定何謂「區域聯防」。你看不懂政治專欄裡的運動比喻。一個會錯過「超級杯」轉播的男人不會受到其他男人的信任。你很希望可以花一年時間觀看ABC轉播的每一場比賽，並把一年五十二期的《運動畫刊》全都讀過一遍。這樣的話，你將有辦法應付這一類的問話：「拉弗勒在對波士頓隊第三局射入的那記勁射不賴吧？」等一下，是第三「局」嗎？還是第三「節」[28]？

你在五點二十分離開酒吧，外面正在下雨。你往時代廣場的地鐵站走去，途中經過一張張寫著「妞兒」的單張：「妞兒」、「妞兒」、「妞兒」，還有一張是寫著「小哥兒」。在一家文具店的外面，你看到了「別忘記母親節」的提醒。雨開始變大。你不記得自己還有沒有傘。你有好多把傘遺忘在計程車上。通常，每逢下雨，每當第一滴雨滴落在馬路上的時候，每一個街角便都會馬上出現賣傘的人。你一向納悶，他們是從何而來，沒下雨的時候又是窩在哪裡。你想像，這些雨傘小販都是圍在一部強功率收音機的四周，等著每一回的「全國天氣報導」，又或是睡在一間邋遢的客棧房間裡，手臂擱在窗外，隨時準備好被第一滴雨挖起來。另外，他們說不定也和計程車行交易，會以極低價錢收購乘客遺失的雨傘。這個城市的經濟是由一些奇怪的、地下的迴路所構成，神祕莫測得就像人行道下面的電線與管路。不過，就目前來說，你舉目四望，卻看不到半個雨傘攤販。

你在月臺等了十五分鐘。不管望向哪個方向都看得到那個「失蹤者」㉙的臉容。揚聲器廣播出一則提醒，說是快車暫停服務。隧道傳來陣陣濕衣服的氣味和尿臭味。然後又有廣播，說因為有一段鐵軌失火，慢車將會誤點二十分鐘。你在人群之中挨挨擠擠，往位於地面的出口而去。

雨還在下。想招到一輛計程車有如緣木求魚。每個街口都有扭結在一起的人群向著路過的車流揮手。你順著第七大道走到公車站牌，看見小小的公車亭裡擠著二十來人。一輛塞滿目無表情臉孔的公車開了過來，但沒有停站。

一個老婦人從公車亭竄出，追在公車後頭。「停車！快給我停下來！」一面喊一面用傘敲打車尾。

另一輛公車開進站，吐出一批乘客。公車亭裡的暴民紛紛握緊雨傘、手提包或公事包，準備好要為爭奪座位而戰。不過，等乘客都下車以後，公車便幾乎成了空車。司機是個個子高大的黑人，腋下部位汗漬斑斑。「慢慢來，別急。」他說，聲

㉘拉弗勒是草地曲棍球球員。這種運動分為上下半場。

㉙這裡和後面提到的「失蹤者」都不是指那個叫瑪麗・奧布莉安・麥肯的失蹤女孩，詳下文。

音威武，很有效果。

你在前排坐下。公車在車流中緩緩前進。過了第四十街之後，街道招牌從第七大道變成了時裝大道，表示你已經進入了成衣區。這裡是阿曼達的老地盤。在第四十二街以北，人們賣的是沒穿衣服的女人；在這條街以南，人們賣的是有穿衣服的女人。

在第三十四街的公車站牌，公車上起了一陣小騷動。「不找零。」司機說。一個年輕人站在投幣箱前面，設法把手伸進緊身牛仔褲的口袋。他穿著桃紅色的「鱷魚牌」襯衫，蓄兩撇像是倒掛眼眉的八字鬍，一根手臂夾著一個文件夾和一把肥肥的日式紙雨傘。他把雨傘靠在投幣箱。「往旁邊靠，」那司機說，「外面的人會濕掉。」

「我太知道『濕』是什麼感覺，大塊頭。」

「我就知道你知道，小娘兒。」

最後，年輕人把需要的銅板集齊，用誇張的動作一次一枚地投入投幣箱。然後又向公車司機甩了甩屁股。

「往後面走吧[30]，小娘兒，」司機說，「我知道你善於此道。」

走過走道的時候，年輕人故意扭腰擺臀，裝出一副嬌滴滴的樣子。司機轉過身看著他一直走到後頭，然後撿起他遺忘在前頭的日本雨傘。等全車人都安靜下來之後，司機才說：「噯，奇妙仙子㉛，你忘了你的仙女棒。」

每個人都看著這一幕，或竊笑，或哄笑，全都等著看下文。公車還未開動。奇妙仙子站在公車後方，兩眼瞇起，怒目而視。但繼而臉上綻放一個微笑。他走到最前面，接過雨傘。然後他把傘高舉過頭，把傘輕輕掂在司機肩膀上三次，就像是冊封騎士，一面這樣做一面用愉快的假音念道：「變成屎，變成屎，變成屎。」

等你回到你住的那棟大樓的外頭，才發現鑰匙不在身上。你把鑰匙放在外套裡，又把外套擱在了事實查證部。不管你有多不喜歡你的公寓，那裡至少有一張床。你想要睡覺。你已經達到了精疲力竭的最高點，所以也許會睡得著。你在回家

㉚這是相關語。
㉛迪士尼卡通裡的角色。

的路上一直惦記著廚房裡那一小包的即溶可可和電視演的「家族火拼」。你甚至考慮過睡前讀一點點狄更斯：讀一點別人的悲慘遭遇可以讓你暫時忘記自己的苦難。

你想像自己與其他流浪漢蜷縮在人行道上排熱罩管㉜四周的樣子——這只比想像門房（一個希臘大塊頭）願意把備份鑰匙給你難一點點。自從上次你忘記送他聖誕節的例行節敬（現金或酒），他就沒給你好臉色過。他老婆的嚇人程度不遑多讓，是全家裡唯一有鬍鬚的一個。

幸而，應門的人是希臘大塊頭一個遠房親戚，是個英語蹩腳的年輕人，持的是啟人疑竇的入境簽證，要讓他就範比較容易。不到幾分鐘，你便站在自家公寓的門前，手上拿著備份鑰匙。有誰用膠帶把一個信封貼在門上，信封上印有阿拉格什服務的廣告公司的標誌。裡面是一封短柬：

教練：

多次打電話到閣下盛名遠播的公司都找不到人，不得已只好把訊息留在貴單身宿舍門外。閣下還有照朝九晚五的時間上下班嗎？上帝知道那確實很累人，但閣下應該設法保持現身，以便發生緊急事件時（如眼下這一宗）讓別人找得著你。

長話短說：與浪女櫻姬溫存乃在下期盼已久的願望，這願望眼見就要在今夜實現，不意卻受到一位表妹（她屬於敝家族的波士頓分支）的來訪所威脅。我知道閣下在想什麼：阿拉格什氏族竟會有高貴的波士頓族人！但每個家族自有它不可告人的祕密。上述的表妹來這裡是要參加紐約大學的學術拜拜，目前下榻在在下的公寓。她是個有教養的年輕女子，屬於知識分子類型，不會高興於由一個滿腦子想著牙膏市場調查報告的客戶經理作陪。要達成這項任務，必須具備的條件不少於要會說法語、愛讀《紐約書評》和具有無法言喻的純真魅力（閣下的名字與這種魅力是同義詞）。別讓在下失望，教練。只要你能達成任務，在下的一切（包括一包最正的玻利維亞好料在內）則都會是屬於閣下的。小人的銘感五內更是不消提了。在下已經擅作主張，告知敝表妹（一位名叫薇琪·霍林斯的小姐），閣下將會於七點三十分到「獅頭」酒吧與其相會，而在下與櫻姬亦會在力所能及的最早時間內趕到。已把你形容為年輕時代費茲傑羅、海明威與晚期維根斯坦的綜合體，所以也請閣下按照此種形象著裝。

T.A.敬上

㉜這是一種形狀像漏斗的設施，用於蓋在打開的人孔，以供街面下形成的蒸汽順利排出。流浪漢常常藉之取暖。

又及：如果你與敝表妹看對眼又或是因此染上罕見病毒，本部將拒絕承認你的行動是由本部授意。

泰德．阿拉格什自作主張的大膽程度讓你震驚。你打電話到他公司，想要婉拒邀請，但他已經離開。哼，管他的，問題既然是他和他表妹弄出來的，就該讓他們去傷腦筋。一想到阿拉格什家的基因和波士頓的氣候結合會有何種後果，便讓人不寒而慄。照他的簡單描述推斷，他表妹應該是個女學究，習慣穿格子花呢裙子，是新英格蘭綠油油草地的一個曲棍球前選手和「長相部門」的落選選手。她應該天生就是克拉拉的說話調調（克拉拉自己的說話調調則是贗品，是她在瓦薩爾學院念書時耳濡目染習來的）。你打算拔掉電話線，日後見到泰德時佯稱你沒看到他的信。

你打開電視，一屁股坐進沙發。「家族火拼」很有趣。十個家庭搶答一個有關園藝工具的問題，而理查德．道森也是表情十足㉝。但你老是瞄看時鐘。到七點二十分的時候，你已經站了起來，在兩個房間之間踱來踱來，不時會踢到堆在牆角的衣物。就你對泰德為人的了解，他一定不會到「獅頭」赴約，這樣的話，他那個可憐表妹將會落入一票未成名演員和失意作家的魔掌。跟她喝幾杯、聊聊天，不會死人。你把一件外套往身上一披，出門而去。

你比約定時間遲到了十分鐘。沿著吧檯擠了兩排人，但毫無阿拉格什的跡象，也看不見任何穿格子花呢裙和五官長得像阿拉格什的人。

喝啤酒喝到一半的時候，你瞄到有個女生單獨站在衣帽架旁邊，手上拿著一杯酒，正在看書。她不時抬頭看看，然後重又看書去。她打量四周時，你盯著她的眼睛看。她有一張聰慧的臉，頭髮顏色介於草莓色與金色之間（酒杯的光線太暗，讓你說不準）。猜想到她可能是那個波士頓阿拉格什的念頭，竟讓你喜出望外。但她一身靴子、牛仔褲和黑色的絲襯衫，既沒有馬德拉斯布補丁也沒有格子花呢。

讓阿拉格什和他的家族見鬼去吧。你樂於跟這個女孩聊聊天，問她吃過晚餐沒有。說不定，這個女人可以讓你忘記自己的各種憂煩，開始吃早餐和慢跑。你向她慢慢靠近。她手裡的書是史賓諾莎的《倫理學》。她再次抬起頭時，你倆四目交會。

「這裡沒有太多理性主義者㉞。」你說。

㉝「家族火拼」是一個電視問答比賽節目，參賽者以家庭為單位，由理查德．道森主持。

㉞史賓諾莎為十七世紀荷蘭哲學家，在哲學史上被歸類為理性主義者。

「我不驚訝，」她說，「這裡太暗了。」她的聲音聽起來像是塗了蜂蜜的砂礫。她的微笑只維持到足以鼓勵你，然後便又低頭看書。你希望可以記起多一些有關史賓諾莎的事情，但來來去去只記得他曾被逐出教會。

這時阿拉格什出現在酒吧門口。你考慮要躲到男廁，但他已經看到你倆，直往這個方向走來。他伸手與你一握，再在女哲學家臉上吻了一吻。

阿拉格什告訴你（說的時候眼珠子轉了轉以示貶意），薇琪在普林斯頓大學念哲學。介紹你的時候，他說你是個備受崇拜的文學名流，只不過名聲還沒有傳到外省。

「我真不想又要走開。但我跟櫻姬說七點三十分碰面，她卻聽成十點。所以她目前仍是——可以這麼說——穿著『媒體』服裝㉟。我得要穿過這座城市，到另一頭去接她。但我們四個還是一起吃晚飯吧。」他看了看手錶。「九點半好了。不，十點好了。我們十點在『拉烏爾』見。記得啊。」他在吻別薇琪時把一個小玻璃瓶塞到你手裡。

薇琪看來對她表哥的好客感到困擾。「你都聽得懂他說的話？」

「多多少少。」你知道這個晚上你倆將不會再見到泰德．阿拉格什。

「他說七點半而他的約會對象卻誤會是十點，這可能嗎？」

「這種誤會很常見。」

「好吧。」她說，把書放回手提包。這可以是一種很侷促的處境，但她卻表現得很明快。「接下來要怎樣？」

阿拉格什已經用一丁點的草賄賂過你。你可以考慮邀她回你的住處，分享好料，但你卻不知怎地覺得這不是好主意。雖然你猜她會樂於接受邀請，你卻希望看看自己是不是可以不靠化學藥物而消磨一個晚上。你想聽聽自己不帶「飛毛腿岡薩雷斯」南美口音㊱的聊天聲。

你問她是不是想留下來再喝一杯，而她問你有沒有什麼地方想去。最後，你們走上樓梯，去到街上。你聯想到柏拉圖筆下那個從表象世界走向實相世界的山洞人。你好奇同樣的事情會不會發生在自己身上。有一個哲學家作伴讓你開始喜歡思考。

㉟指沒穿衣服。

㊱迪士尼卡通中的角色，是隻戴墨西哥草帽的老鼠，說話帶有南美洲口音。

你們先是流連在謝里登廣場邊緣，看一個特技藝人把獨輪車騎過一根橫在兩面籬笆之間的鋼索。人群中一個小夥子轉身對薇琪說：「他在世貿中心兩棟大樓之間幹過同樣的事。」

「你能夠想像嗎？」一個女人問。

「聽起來像是我的工作。」你說。

當那個特技藝人拿著帽子走到你面前時，你放入一美元。接下來你倆朝西走，心裡沒設定什麼特別的目的地。薇琪一面走一面告訴你有關她的事。她在哲學研究所念到第三年，來這裡是要參加紐約大學的一個學術會議，負責反駁一篇題為〈為什麼這世界其實沒人存在？〉的論文。

這個晚上天氣冷涼。你倆不知不覺走進了格林威治村。你指給她看各種地標和你喜歡的排屋。就在昨天的時候，你還覺得格林威治村太鄉土味，不值得一遊，但今晚你卻油然記起你從前有多喜歡紐約市的這部分。整個區都飄散著義大利菜的味道。這裡的街道街名友善，而且是以各種奇怪的角度切入紐約市的網格狀地圖。建築都不會太大間，不會嚇著人。不過，一些大腿過粗的同性戀壯漢（披著皮革和鐵鍊的）卻是會把人嚇著。

在布利克街，薇琪停在一家古物店的櫥窗前面，指著一匹紅白兩色的旋轉木馬給你看。「我希望日後住在一棟客廳可以放旋轉木馬而不顯得怪的房子。」

「再放一臺投幣式點唱機如何？」

「當然好。還要有彈珠遊戲機，最好是有夠古老的那一種。」

你們恢復散步後，她開始描述她自小所住的房子。那是位於馬波赫海岸一棟格局散漫的都鐸式房子，建成於世紀初，一開始是用作夏天度假別墅。雖然有一間正式的餐廳，這房子卻從不失去它濕毛巾的氛圍。有好些空房間可供玩耍，樓梯底下的有門凹間是薇琪的專屬地盤，未經她批准，誰都不許入內。那裡寵物多多。家裡四姊妹喜歡在大姊的帶領下，到涼亭裡舉行家家酒茶會。她父親在船屋裡養雞，又花了幾年時間想要把一片菜圃種活。他每天都是早上五點便起床，然後去游泳。媽媽會繼續待在床上，直至四個女兒和所有寵物都聚集到她房間才起床。

她活潑的手勢和臉部表情讓一個童年時代的世外桃源活靈活現。這時你才注意到，她臉上有雀斑。你情不自禁地開始把她想像成一個帶著沙桶到海灘去玩沙的小孩。隔著一個扭曲的時空，你看見自己站在一個斷崖上看著這小女孩，並在心裡想：**有朝一日我將會認識這女孩**。但你還想在這中間的年月看顧好她，讓她不會被

「不是，但我了解他的為人。他總是在赴約途中，但極少會到達。」

「他是怎樣說我的？」她問，當時你倆坐在查爾斯街一家咖啡廳的院子裡。她嫣然一笑，就像是想把你收買過去。她似乎相信，你對泰德的忠誠將會在她的示好攻勢下瓦解。

「不多。」你說。

「少來。」

「她設法虛構妳。我本來以為妳愛打草地曲棍球，戴著厚重眼鏡，穿繡著花押字的及膝長襪。」

她沒有催促你給她進一步的恭維，只是微笑並低下頭看菜單。

你告訴她泰德是個多棒的人。你喜歡他的精力無窮和行事風格。你的話幾乎是真心的。他因為有薇琪這樣一個表妹而加分不少。你願意略過他的一些缺點。他未必是個刎頸之交，卻斷然是派對場合少不了的夥伴。你告訴薇琪，泰德總是會在你有需要的時候適時出現。他不算是個貼心的朋友，但無憂無慮的樣子很讓你受用。

「你們兩個親嗎？」你問。

「我覺得他是個渾球。」她說。

「說得好。」她說的一切都是那麼的深得你心。你喜歡看她舉杯喝水的樣子：她的手和嘴巴都表現出同樣從容。你擔心自己看她的眼神太過專注，哪怕這種眼神多多少少是她自己所鼓勵的。

「你的工作是什麼性質？」她說，「聽說很讓人刮目相看。」

「請別刮目相看。我不是很喜歡自己的工作。我想我的上司也不是很喜歡我。」

「我知道有些人為了得到那樣的工作，會不惜殺人。」

你不希望她刮目相看，是因為這工作也許即將不保。你巴不得從沒有人（包括你自己）刮目相看過。想到你是曾經如何在別人面前大吹大擂，只會令你覺得汗顏。你向薇琪描述查證事實的程序有多麼無聊乏味，花一小時又一小時翻查字典、電話簿、百科全書和政府小冊子是多麼的折磨人。你還告訴她，你因為對文章的風格提出若干修改建議而受到申斥。

「雖然認識你才兩小時，」薇琪說，「但我不覺得這工作適合你。」

「我也不覺得。」

§

站在西四街和第七大道的交界處，你假裝要等一輛計程車把薇琪送回泰德公寓。空計程車一輛接一輛開過，但你和薇琪卻繼續談話。你倆談到了工作、金錢、科德角、早餐吃的麥片和「心物問題」㊲。你已經抄下了她在普林斯頓的地址和電話號碼。從餐廳往回走的途中，她挽住你的手臂而你按住她的。你感覺路上碰到的每個男人都以嫉妒的眼光看你——至少異性戀者是這樣。你隨時準備好回應她的命令做出一些瘋狂舉動，比方說偷掉一個警察頭上的帽子或是爬上一根電燈柱，在柱頂揮舞她的圍巾。

「我現在『真的』得走了。」她說。

「但願妳不用走。」

「我也希望。」她踏前一步，吻了吻你。你回吻她的時間更長。一分一秒過去了。你的身體起了反應。你考慮邀她回你公寓，但轉心一想又打消主意。你想讓這

㊲心物問題（Mind-Body Problem）：哲學基本問題之一，探討「心靈」與「身體」（有鑑於兩者的性質迥異）如何可能互動的問題，包括探討我們如何能超出自己的內心世界，經驗到別人內心世界的經驗。

個無瑕疵的晚上保持完美。你已經在品嘗回家路上回顧今晚每一個細節時的滋味，以及第二天早上與她通電話的滋味（你答應過第二天早上打電話給她）。你又想：就讓克拉拉．蒂林哈斯特見鬼去吧，因為你今晚很快樂，什麼都不在乎。

小矮人、白鼬和狗食

你一面吃喝著咖啡和煎蛋，一面把《紐約時報》和《紐約郵報》都讀了一遍（包括體育版）。昏迷媽媽的病情惡化得很快。波士頓在籃球場贏了球，在棒球場輸了球。女侍給你的咖啡杯添滿過六次，但你全喝完之後還只是八點半。你是六點半起的床，彷彿向來如此。起床後你感到頭腦清晰，同時清晰感受到昨晚與薇琪共度一夜的興奮情緒，和將要面對克拉拉的恐懼情緒。你一起床就打電話給薇琪。她告訴你泰德一夜未歸，而她睡得很好。現在你想要再打一次電話給她。談什麼？也許是告訴她你吃了什麼早餐。

你在九點半進入辦公室。梅根已經到了。她看到你的時候，露出一臉不知如何啟齒的表情。你猜得到昨天克拉拉回來之後發生了什麼事。她應該已經當著每個人的面數落過你有多無能。你懶得去問。

但梅根卻沉不住氣。她走到你的桌子前面。「克拉拉暴跳如雷。她說那篇法國稿子亂七八糟，但要抽走已經太遲了。昨晚大夥就該如何善後舉行了冗長的會議。」你點點頭。「你到底怎麼了？」她問，就像她先前曾跟一個簡單的答案失之交臂。

這時，里騰豪斯走了進來，做了他例行性的打招呼動作（介於頷首和一鞠躬之間）。你將會懷念他的蝴蝶領結和他的愛德華時代簿記員的禮儀。把圍巾和圓頂窄邊禮帽掛好在衣帽架之後，他也走到你的桌子前面，站在梅根的旁邊，樣子比平常還要凝重和沉鬱。

「我們在談那篇法國稿子。」梅根說。

里騰豪斯點點頭。「我認為把刊登日期提前是個要不得的決定，雖然他們這樣做一定有理由。」

「你根本不夠時間，」梅根說，「誰都知道寫它的那傢伙對事實的查證漫不經心。」

「我們會挺你到底。」里騰豪斯說。

這話沒能帶來多少安慰，但你感激這份心意。

韋德慢慢走了進來，在你的桌子前面停住。他看著你，發出了咂舌聲。「你想要你的墳前插哪種花？我已經擬好墓誌銘：**他沒有面對事實**。」

梅根說：「不好笑，野洲。」

「好吧。但就連李爾王身邊都有個小丑。」

「這種事有可能發生在我們任何一個人身上，所以我們應該團結一致。」梅根說。

你搖搖頭。「是我自己的錯。我自找的。」

「他們沒給你足夠時間，」梅根說，「那是一篇馬虎文章。」

「我們全都有過讓錯誤成為漏網之魚的時候。」里騰豪斯補充說。

「情況到底有多糟？」梅根問，「你已經糾正了大部分的錯誤，對不對？」

「我甚至說不出來自己糾正了幾成。」你說。所有人都在訝異：**這種事會發生在我身上嗎**？你很樂意安慰他們，只有你才會這樣。他們都想設身處地去想像那篇稿子有多難。昨天晚上，薇琪曾經聊到所謂的內在經驗的不可言傳性。她叫你試著想像當一隻蝙蝠是什麼感覺。但即便你知道聲納是什麼和它是怎樣作用，你仍然不可能知道擁有聲納是什麼感覺，或知道當一隻倒掛在山洞裡的毛茸茸小生物是什麼感覺。她告訴你，某些經驗只能從一個觀點角度才搆得著：就是親自體驗到該生物的角度。你想，這表示你是唯一能感受自己感受的人。梅根頂多能想像她是你的話會是什麼感受，無法想像你是自己的時候的感受。

你想感謝大家對你的關懷，但卻無法解釋這次慘敗是緣何而起。

大家散開了。時間已經來到十點。你無事可做。你有一搭沒一搭地收起分散桌面的文件夾和筆，把散亂的紙張重新疊好。「主教」從查證部的門前輕手輕腳走過。你們四目相接，他隨即把頭撇開。你感到雙頰發熱。他對禮貌出了名的講究態度終於破格了。但這多少算是一種成就：你可以告訴子孫，你是歷史上唯一受到「主教」怠忽的人。

你桌子上放著一篇你一直想讀的短篇小說。你一行行文字讀過去，感覺就像駕駛胎紋磨平的車子開過冰面：沒有抓地力。你站起來，去給自己泡了杯咖啡。其他同事各自躬著肩膀在忙。在一片靜寂中，你可以聽見鉛筆芯劃過紙張的聲音和冰箱壓縮機的低沉嗡嗡聲。你走到窗前，俯視下面的第四十五街，心想你說不定會看見克拉拉走過，再讓一盆盆栽落到她頭上。雖然行人都小得無法分辨，但你卻看得見有個男的坐在人行道上彈吉他。你打開窗，探頭出去，但音樂聲被車流聲淹沒。有人敲敲你的髖部。韋德指向門口：克拉拉就站在那裡。

「你馬上到我的辦公室。」

韋德吹了一聲口哨：「換作我是你，我就會往下跳。」

從窗邊到克拉拉的辦公室是一段非常短的路程。太短了。克拉拉砰一聲把門甩上。她沒示意你坐下，你就坐下了。眼前的情況比你預期的還要糟。儘管如此，你還是有若干抽離的感覺，就像即將發生的事已發生過，現在只是「前情回顧」。你後悔在「心碎」的時候沒有專心聽一個跟你談「禪定」的女人說話。只要把一切看成是幻象，克拉拉便沒有法子傷到你。當一個武士帶著必死的決心進入戰鬥，就沒有任何事物可以傷得了他。你已經認命地接受了滅亡的無可避免性。儘管如此，你仍然希望可以不用坐在這裡，面對一切。

「我想知道你到底是怎麼回事。」

一個蠢問題，問得太泛泛了。你深深吸了一口氣。「我搞砸了。」你本來可以補充說，是那文章的作者自己先搞砸，你已經做了無數修正，而提前刊登日期也是一個不明智的決定。但你沒把話說出口。

「你搞砸了？」

你點點頭。這是事實。但以目前的個案而言，老實並沒有讓你好過一點。你覺得自己不敢迎接她的逼視。

「我可以斗膽請你再說得詳細一點嗎？我深感興趣。真的。」

擺明了是在挖苦。

「我想知道，你到底是『怎樣』把事情搞砸的？」

怎樣搞砸？你要是說得清楚就好了。

「唔？」

你早已人不在此。你已經與鴿子一道飛出了窗外。你試著透過想像她的法式辮子有多麼可笑（活像拖船上的大三角帆）來減輕你的恐懼。你懷疑她內心深處其實是以拷問你為樂。她盼著這種機會已經盼了一段很長時間。

「你明白整件事情有多嚴重嗎？你危害到雜誌的聲譽。我們的聲譽是建立在對事實一絲不苟的審慎態度。讀者仰賴我們去給予他們真理。」她要求一個答案。

你很想說：哇塞，妳一下子從事實跳到真理，這個跳躍也未免太大了一點。

「雜誌每出一期，本社的聲譽便會受考驗一次。等這一期雜誌到了書報攤，本社的聲譽便不得不打折扣，而且大概是無可挽回的。你知道在本社五十年的經營歷史裡，只有過一次回收雜誌的例子嗎？」

你知道。

「你有想過，雜誌社的每個員工都會因為你的漫不經心而蒙羞嗎？」即使在最好的情況下，克拉拉的辦公室也從不讓人覺得大，而以目前的情況來看，它更是每過一分鐘便變得更小間一點。你舉起一隻手。「我可以問問妳找出了哪些錯誤嗎？」

她手上已經有一份錯誤清單：有兩處重音標顛倒了；一個位於法國中部的選舉區被誤說成是位於法國北部；一個部會首長所屬的部會被張冠李戴。「這還只是我至今所能找出的錯誤。我簡直不敢想像再找下去會發現多可怕的問題。你交出來的校樣一團亂，我分不出來哪些內容是查證過而哪些又是沒查證過。重點是，不遵守標準查證程序已經成了你的第二天性。這程序是多年集體勞動的結晶，而且詳細勾勒在你的工作手冊裡。只要恰當的應用，就可以保證事實性錯誤不會出現在雜誌裡。」

克拉拉脹紅了臉。雖然韋德聲稱克拉拉最近有慢跑，但她的口氣仍然很臭。

「你有什麼可以為自己辯護的嗎？」

「恐怕沒有。」

「這已經不是第一次。以前我都以『疑點利益歸於被告』的原則來對待你，但現在看來，你缺乏勝任這工作的條件。」

你並不準備反駁她說的任何話。你甚至願意承認今天被《紐約郵報》詳細報導過的每一樁罪行，以換取一張可以離開的通行證。你臉色凝重地點點頭。

「我想聽聽你有什麼話要說。」

「我猜我已經被開除了。」

克拉拉聽到這話似乎很驚訝。她幾根手指在桌面上敲來敲去，眼睛惡狠狠地看著你。你很高興看到她的手正在抖。「你猜得沒錯。」她最後說，「即時生效。」

「還有什麼吩咐嗎？」你說。見她沒有回答，你便站了起來，準備離開。你雙腿微微顫抖，但心想她應該沒注意到。

「我很抱歉。」她在你推開門的時候說。

你待在男廁一個單間裡等待恢復從容姿態。雖然鬆了口氣，並且感覺事情沒有比你預期的更糟，但你搭在膝蓋上的手仍然會隨著膝蓋的抖動而晃顫。你漫無目的地摸索口袋，找出了一個小玻璃瓶：泰德送的禮物。若是一個醫生想要改善你的情緒狀態，他大概也得開這種藥。

你把一點點粉末抖到手背上。當你把手舉起時，另一隻手不小心鬆開了小玻璃瓶。瓶子隨即掉進馬桶，在馬桶的搪瓷內壁彈了一下之後落入水中，發出很大的水花四濺聲。這聲音就像一條棕色大鱒魚擺脫一個小假餌之後的落水聲。

今天也許不是你的吉日。你本應先看看《紐約郵報》的星座運程專欄。

回到辦公室之後，你看到其他人都圍在里騰豪斯桌子前面竊竊私語，一看見你便變得鴉雀無聲。

「怎樣？」梅根問你。

雖然你雙腿仍然微微顫抖，卻有一種力大無窮的奇怪感覺。你覺得你有能力一躍便跳出窗外，在一個個屋頂上方飛翔。你覺得你單手便可以舉起你的桌子。你幾個同事的眉心上都烙有被壓迫的印記。

「我很榮幸能與你們幾位共事。」

「他們不是……」梅根說，「怎麼可以這樣！」

「他們就是這樣。」

「她到底是怎樣說的？」里騰豪斯問。

「她那番話的精義是我已經被炒魷魚了。」

「他們不能這樣做！」梅根說。

「你可以考慮把這個案子遞交給勞資仲裁委員會。」里騰豪斯說，「你知道的，我是委員之一。」

你搖搖頭。「謝謝，但我不打算這樣做。」

「好吧，但如果他們想要你走人，至少應該讓你主動辭職。」韋德說。

「那不重要，」你說，「真的不重要。」

大家都想知道克拉拉實際說了些什麼，所以你只好竭盡所能複述一遍。他們勸你應該堅守陣地、祈求開恩和訴諸特殊情況。他們不相信你寧願掛點而不願戰鬥。克拉拉沒有再出現。韋德認為，你應該把握這個機會做一個分手的大動作。他建議你掛一個月亮到「主教」的辦公室門上。當梅根問你有什麼打算時，你說不知道。

「我現在不想再待在這裡。我會等明天再來收拾東西。」

「我們可以一起吃午餐，」梅根說，「我真的很想跟你談談。」

「說定了，明天吃午餐。到時候見。」

你跟所有人握了握手。梅根在你等電梯時趕了過來。「我忘了說，你弟弟麥克又打過電話來。看來他找你找得很急。」

「謝謝妳，我會打給他。也謝謝妳為我做過的一切。」

梅根兩手抱著你的肩膀，親了親你的臉龐。「別忘記午餐的約定。」

去到街上的時候，你把太陽眼鏡往臉上一掛，納悶著要去哪裡。這是一個老問題，但冒出的次數愈來愈頻繁。不管你幾分鐘前有過什麼，此時都煙消雲散。你丟掉工作的事實已經開始成立。你不再與那家知名的雜誌社有關，假以時日，便可以成為一名主編或編制內寫手。你記起父親得知你找到這份工作時有多麼興奮，也知道如果他曉得你被炒魷魚，將會是什麼感受。

你走過去聽那個路邊吉他手的演奏。他彈的是藍調，每一句歌詞都直戳你第三和第四根肋骨之間。你聽了〈我無家可歸〉、〈寶貝別走〉、〈長途電話〉。當他開始唱〈沒媽的孩子〉時，你轉過身去。

在第四十二街近第五大道處，一個小夥子亦步亦趨地跟著你。

「有散裝貨。貨真價實的夏威夷大麻。各種鎮靜劑和興奮劑都有。」

你搖搖頭。那小夥子看來頂多十三歲。

「你想要古柯嗎？你想買我也有賣。未切過的祕魯雪花。那是能夠讓你最接近上帝的方法。」

「多少錢？」

「五十塊錢半份。」

「什麼半份？半份硼砂還是半份甘露醇？」

「純的，未切過的。」

「三十五塊錢。」

「我是生意人，不是大善人。」

「我身上沒有五十塊。」

「四十五塊吧。你簡直是在搶劫。」

你尾隨小夥子去到圖書館後面的公園。你進去以前先左看右看：他哥哥說不定拿著球棒正等著你。但你只見到兩個年長市民在丟麵包餵鴿子。小夥子把你帶到一棵大樹下面，叫你稍候。然後他跑往公園的另一邊。你不敢相信自己會幹這種事：助長青少年犯罪，並把錢浪費在街頭毒品。然後小夥子從一個噴泉後面跑出來。

「我要先嘗嘗。」

「放屁，」他說，「你以為你是誰啊？約翰・德洛雷安㊳嗎？不行！你只是要買半份。我已經說過品質很好。」

典型來硬的手法。他原先的銷售員笑臉不見了。你突然意識到，你即將會被敲竹槓，但你仍然不放棄可以爽一爽的指望。

「那至少讓我先看看嘛。」他去到樹後面，打開一個小包。你買了一些白色粉末。重量看來沒問題，但重量不能代表什麼。你給了他錢，他把錢塞入口袋，一面看著你一面往後退。

既然是身處還算隱蔽之處，你想不妨先嘗一嘗。你把辦公室鑰匙當作調羹。第一吸的味道像水管疏通劑。第二吸因為有了心理準備，所以還不壞。儘管如此，你還是覺得你的鼻子噴出了一些火花。不管你拿到的是什麼，你只希望它不含毒性。

㊳美國汽車製造業的名人。

你希望裡面只少混了一點點南美洲好料。你**相信**有一股興奮感正在你體內上升。你想要去個什麼好玩的地方幹些什麼好玩的事，找個好玩的人說說話。但此時不過是上午十一點半，而天底下每個人都還在上班。

過了好些時間之後，也就是近午夜時分，你回到了辦公室。陪在你身邊的是泰德·阿拉格什。你們兩人都精神高亢，而且聊出了一個結論：不幹那份鳥工作對你會更好，而且早不幹比晚不幹好。在事實查證部待得更久，只會讓你得到無藥可治的肛門閉鎖症。但這個結論並不能讓克拉拉·蒂林哈斯特的「反人類罪行」（特別是你這個人類）得到開釋。泰德指出，她的行為已經害你的名譽受損。在他出生的那一帶，這類侵犯名譽的行為是要用馬鞭或鑲有象牙杖頭的手杖來懲罰的；鞭打或杖責一個蓄意中傷的主編是一種歷史悠久的習俗。不過，目前的個案卻要求更細緻的方法。所以，我們決定用一天裡最好的時間執行適當的懲罰。計畫的一部分包括與理查德·福斯（就是那個扒糞的記者）取得接觸，向他透露過去兩年來你在雜誌社刺探到的一些骯髒內幕。你本想略過這部分，但泰德堅持要你拿出戰鬥精神。他找到福斯的電話，打過去，在答錄機裡留了言。他自稱是「深小豬」[39]，表示有重大內幕要披露。他也留了克拉拉的電話號碼。然後你倆開始進行計畫的第二階段。

夜班警衛看了你的工作識別證之後點點頭，要你在登記冊上簽名。你簽了拉斐爾．克蘭頓和愛德華．諾頓兩個名字。警衛習慣了雜誌社的寫手在奇怪的鐘點來來去去，也沒精力去管多出來的兩個醉鬼。他向貨梯指了指，然後回頭看他的摔角雜誌。他甚至沒有問你手提箱裡裝著什麼。

貨梯開始往上升的時候，手提箱裡傳出類似鳥叫的尖叫聲。白鼬的悽慘呼聲讓你不禁重新思考，這說不定是個壞主意。你不是對克拉拉動了善念，而是覺得對不起白鼬弗瑞德，讓牠在不知情的情況下成了共犯。

「真是太容易了，我連一滴冷汗都沒流。」泰德說，「我們其實應該試試帶隻小狼來的。」泰德起初想帶的本來是蝙蝠，但聽說你有隻白鼬之後眼睛一亮，決定改帶白鼬。

電梯門在二十九樓打開。你倆站在電梯裡面，豎耳傾聽。一片寂靜。泰德以探

㊴「深小豬」（Deep Shoat）這個詞是仿「深喉嚨」（Deep Throat）而來。「深喉嚨」是向報界透露水門案內幕的線人所取的外號。

問的眼神看你。你點點頭，跨出電梯。泰德跟隨在後。電梯門隨即嗖一聲關上，就像是有一列貨運火車掠過。纜索與滑輪引起的空洞回聲繚繞了一下子，然後一切復歸寂靜。泰德探身對你附耳說：「不留活口。」

你在走廊裡帶路，手中提著手提箱。直到走廊轉角處之前的每間辦公室都沒有燈光，但你仍然提心弔膽。「主教」是出了名的喜歡在奇怪的鐘點出沒，所以，你也在腦海裡短暫地想像了一下，與他在轉角處迎面撞見的畫面。真是那樣的話，你準會驚嚇而死。儘管如此，製造惡作劇的心理仍然讓你的腎上腺素升高。沒有任何刺激是不帶恐懼的。裝在走廊轉角處的四十五度角鏡子，顯示出前面的走廊直到盡頭都沒有一絲燈光。

克拉拉辦公室的門上了鎖，但這不成問題。你有一把事實查證部的鑰匙，而你知道《大英百科全書》其中一冊的後面藏著她的辦公室鑰匙。哪一冊？還用說，當然是K字冊㊵。要拿到這鑰匙只是一眨眼的工夫。

你們走進克拉拉的房間，把門關上。「我們進了火龍的老巢。」泰德輕聲說。你把燈打開。「你們喊這種地方辦公室？」他說，「我倒覺得更像是個傲慢女傭住的工人房。」

你已經來到這裡，卻不太知道下一步該怎麼辦。弗瑞德在手提箱裡拚命抓來抓去。

「皮帶在哪裡？」你問。

「我沒有。」

「我拿給你啦。」

「我們用不著皮帶。讓牠像一個活塞那樣從書桌抽屜裡跳出來會更有驚嚇效果。」

泰德把手提箱放在地上，打開鎖釦，往後站去。「放牠出來。」他說。你掀開蓋子。接下來的事情發生之快，讓人措手不及。你才一掀開蓋子，白鼬便朝你的手咬了一口。你痛極了，於是猛然甩動手臂，把白鼬甩向泰德那頭。弗瑞德落地前在泰德的褲管撕破一條裂口，然後在房間裡橫衝直撞，弄倒了一些箱子，最後竄上了書架，躲在一排《科學美國人》合訂本的後面。

你的手痛如火炙。傷口透過一條燒紅的電線連接到你的腦子，而這個腦子又在

㊵克拉拉的姓氏以K字母開頭。

你的頭顱骨裡反覆搏動。你用甩手，幾滴紅色鮮血濺到了牆壁上。泰德臉色發白，低頭檢視只位於胯下一點點的褲子破口。

「老天爺，再高一英寸我就會變成……」

他的話被捶門聲打斷。

「天啊！」

然後又是一下捶門聲和一個粗嘎的說話聲：「快開門！我知道你們在裡面。」

你認得這聲音（情況看來會更糟），便把一根手指豎在唇邊，示意泰德不要作聲。你從克拉拉的辦公桌拿過一枝鉛筆和一本便條紙，用未受傷的左手笨拙地寫下一句話：**門鎖了沒？**

泰德用一種「你把我考倒」的眼神望著我。

門把先是往一個方向轉，再向相反方向轉。泰德戳戳你手臂，用唇語問你該怎麼辦。接著門鈕喀一聲彈了開來，門被推開。阿歷斯．哈地站在門框內。他神色凝重地點點頭，就像早早料到會在午夜這時撞見你和泰德兩人在克拉拉的辦公室搞鬼。你急速轉動腦筋，想編一套說法矇混過去。泰德則正在揮舞一把從門後面找到的碼尺。

「你嚇了我們一大跳，阿歷斯。我想不出來有誰會在晚上這個時候還在這裡閒晃。我在找我的皮夾。今天早上我把它漏在這了……」

「小矮人。」阿歷斯說。

泰德用探問的眼神看你。你聳聳肩。

「我受到小矮人的包圍。」

你這時看出來了，阿歷斯已經醉得一塌糊塗。你懷疑他根本不認得你。

「我認識許多巨人，」他說，「我和巨人一起工作過。這些人寫出來的東西會驚天動地。好吧，我承認他們也搞搞女人，或說是小女生。但重點是他們有雄心。重點是他們有才華。不像現在那些矯揉造作的臭大便。不像你們這些殺千刀的小矮人。」說完，他激動得握起拳頭，捶打牆壁。就在這時，白鼬從躲藏處竄出，如箭一般衝向門口，途中穿過阿歷斯的兩腿之間。阿歷斯嚇了一大跳，設法要閃避牠，隨即失去了平衡。他先是想扶住門框，繼而想要扶住衣帽架，最後想要扶住書架，結果是讓衣帽架和書架隨著他一起倒下。衣帽架的掛鉤只差一點點就戳著他的臉。阿歷斯大字形倒在一堆書之間，你不確定他摔得有多重。

「趁他還沒有醒來，我們趕快閃人吧。」泰德說。

「我不能棄他於不顧。」你蹲下來，檢查阿歷斯的傷勢。他還有呼吸。辦公室裡早已一片酒味。

「算了吧。難道你想向他『解釋』我們來這裡是幹什麼？走吧。」

你挪去壓在阿歷斯胸口上的幾本書，又讓他的腿伸直。從走廊哪裡傳來電話鈴聲。

「老天爺見憐，他還活著。快走吧，如果我們被逮到，就死定了。」

「把手提箱帶走。」你說。然後你從克拉拉的椅子上拿來靠枕，墊在阿歷斯後腦勺。他的兩隻腳都突出在門外，所以你無法把門關上。電梯老半天才抵達，開門時又發出一陣喀噠噠的聲音，就像是發布全面通緝令。

大堂的警衛仍然全神貫注在看雜誌。你把受傷的手插在夾克口袋裡。一到街上，你們兩個馬上拔腿狂奔。

坐上計程車之前你倆都不發一語。到了泰德家之後，你清洗和檢查傷口，他則去換上新的長褲。起初你憂心忡忡，不斷地回想最後一次注射狂犬症疫苗是什麼時候。白鼬的齒印清晰嵌在你的拇指和無名指之間。傷口深而不寬。泰德安慰你不用太擔心。他說，如果那隻白鼬真有狂犬病，那牠在被放入手提箱之前就不會那麼友善了。他往你的傷口澆了一杯伏特加。你樂於接受他的安慰。你不想上醫院。你討厭醫院和醫生。酒精乾燥後的氣味讓你作嘔。然後你想到阿歷斯。也許他會腦震盪。只有《紐約郵報》有本事把這種事變得有趣：**福克納的朋友被毛茸茸的惡魔撞翻**。

「他只是醉得不省人事罷了。」泰德說。

「希望是這樣。」

「真想看看明天早上那夥人上班之後的表情。」

泰德從小藥櫃拿出一些棉墊和膠帶，又在你忙於料理傷口時抖了幾線粉末在桌子上。

用過麻藥之後，你的疼痛和罪惡感都消退了，先前發生過的事變成了尋開心的話題。「巨人，」泰德說，「去他媽的巨人。當時我想，這個喊我殺千刀小矮人的侏儒是誰？然後，白鼬弗瑞德砰一聲衝了出來，解救了我們，也導致了De casibus virorum illustrium——這句話是我以前在拉丁文課堂上學來的。」

「什麼意思？」

「『名人的傾覆』之類的。」

泰德建議再出去混混。他說時間尚早。而當你說時間其實已不早時，他指出你隔天又沒有班要上，不需要早起。這是個有力的論點。你同意到「心碎」去喝一杯。

在計程車朝下城區駛去時，泰德說：「謝謝你幫我搞定薇琪。櫻姬對你無限感激。」

「樂意之至。」

「真的？難道這次你走了運？」

「不關你的事。」

「你不是認真的吧？」他湊身過來，端詳你的臉。「你是認真的。好，好。各有所好。」

司機在幾條車道之間換來換去，用一種中東語言念念有詞。

「不管怎樣，我都樂於看到你從阿曼達那碼子事走出來。我的意思是，她固然不難看，但我搞不懂你為什麼會覺得非娶她不可。」

「我自己也一直不解。」

「當初你讀到她額頭上寫著的啟事時沒有起疑心嗎？」

「什麼啟事？」

「**有地方出租，長短期租賃不拘。**」

「我們是在一家酒吧認識的。那裡燈光太暗，不可能讀到什麼啟事。」

「一定不會太暗，否則她不會看得出來你是帶她離開『活動車屋停車場』的車票。五光十色大城市——這是她想要的。如果你真想過神仙眷侶的生活，一開始就不該讓她幹模特兒。在第七大道待一星期足以毀掉一個修女。那裡的泥土只有一層皮厚，不可能讓你那種傳統的家庭價值觀生根茁壯。阿曼達是在設法遠離紅泥土和四輪傳動車，愈遠愈好。她知道，憑著她的臉蛋會比憑著你更能讓她去到更遠。」

在泰德看來，阿曼達的落跑不只不讓人驚訝，還是不可避免的。那印證了他的世界觀。看來，你的心碎只是同一個老掉牙故事的另一個版本。

時間已近拂曉，你坐在一輛豪華轎車裡。車子的主人叫伯尼，同車的還有他的兩個助理，一個叫瑪麗亞，一個叫克莉絲多。克莉絲多坐在後座，一根臂彎摟住你，另一根臂彎摟住阿拉格什。伯尼和瑪麗亞坐在車側的摺疊椅，面對著你們三個。伯尼的手在瑪麗亞的大腿上摸過來摸過去。你不知道泰德是今晚以前就認識這三個人，還是說完全只是初相識。泰德看來是認為伯尼知道有什麼地方正在舉行派對。瑪麗亞含糊地說她想去紐「折」西。伯尼把一隻手放在你膝蓋上。

「這裡就是我的辦公室，」他說，「你知道這表示什麼嗎？」

你不確定你想知道伯尼是幹哪一行的買賣。

「你有一個這樣的辦公室嗎？」

你搖搖頭。

「你當然沒有。你有常春藤聯盟罩你。但我卻可以買下你和你的老頭子，還有他的鄉村俱樂部。我都是雇用你這一類小夥子幫我端咖啡。」

你點點頭，很想知道他這星期準不準備雇人端咖啡，雇的話又是出多少錢。

「你想知道我的其餘經營設施在哪裡，對不對？」

「不怎麼想。」你說。

泰德消失到了克莉絲多的裙子裡面去。

「你想知道的，不是嗎？」伯尼說，「我這就來告訴你。在下東區，位於D大道和陰陽魔界之間，離當年毀掉我阿爺和阿奶[41]健康的那些汗血工廠不太遠。它們現在是死西班牙佬和癮君子的天下。我會帶你去看。我甚至會讓你看看我們是怎樣運送產品。你想知道嗎？」

「不想。」

「聰明。你是個聰明的小夥子。我不會怪你不想知道。你曉得知道太多的人都是什麼下場嗎？」

「什麼下場？」

「會變成狗食。『普瑞納』狗罐頭。」

泰德抬起頭。「那是我公司的客戶。」

你問自己：「我是怎麼會來到這地方的？」你被弗瑞德咬到的傷口微微發疼。你擔心狂犬病。你擔心阿歷斯是不是無恙。

「在過去，」伯尼說，「與我們競爭的只有南美洲的西班牙佬和紐澤西的拉丁佬。所有這些拉美人都帶著長刀子而且脾氣暴躁。不過，這一行的市場很大，對任何有企業精神的人都會有很大的揮灑空間。但目前我們正見證著一種不同的錢流入這地區。我說的是那種穿著三件頭西裝和在瑞士擁有祕密帳戶的銀行家。這是發生在這一行的新變化。但這些我處理得來。他們想要的只是投資得到好回報。這箇

㊶「阿爺」（Bubbie）和「阿奶」（Zadie）是猶太人稱呼爺爺奶奶的方式。

單。我真正害怕的是我的猶太人同胞：哈西德派猶太人。他們正大舉湧入這一行，把個體戶排擠出去。他們不笨，知道這一行比買賣鑽石還要獲利豐厚。他們只要看到任何賺大錢的機會都不會放過。他們擁有流動性資本、世界性組織、祕密關係和互相信賴。所以他們怎麼可能會輸？我告訴你，這國家大部分吸古柯的，說起話來都已經帶有意第緒語㊷口音。」

「你是說那些戴黑帽子和蓄滑稽落腮鬍的傢伙？」泰德說。

「相信我，」伯尼說，「他們留落腮鬍不是因為負擔不起刮鬍子的錢。你今年怎樣看洋基隊？」

「奪標有望。」泰德說。

你在車子等下一個紅燈時拿暈車當藉口，溜之大吉。你走過半條街之後，伯尼在後面大喊：「喂，聽著。別忘了。狗食。」

㊷一種猶太人之間通行的語言，混合了德語、斯拉夫語和希伯來語。

啊，時裝表演！

你對服裝的興趣充其量不超出「布魯克兄弟」和「普萊詩」的範圍，而目前這兩種男性服裝品牌對你來說都有點貴。可是，在這一天早上，你卻準備走入華爾道夫大飯店的宴會廳，參加一個時裝設計師舉辦的秋裝秀。你從你在《時尚》工作的朋友那裡弄到一份邀請函。他會幫這個忙是因為欠你人情：他曾經借你那輛「奧斯汀希雷」開往威徹斯特打獵，途中遇上一頭有十個角叉的公鹿。一個人打了二十年獵之後，才頭一遭遇到一頭十角叉公鹿，會是什麼心情可想而知。他不顧一切，拚命追趕。結果車子報銷了，被送到歡樂谷外頭的一個廢車場回收。你不知道那頭公鹿下場如何，也不知道那筆車險理賠金花到哪裡去，只知道你兩個星期便把錢花光了。

在宴會廳的入口處，一個高個的銀髮女人細細查看你的邀請函。門兩邊各站著一個黑色的大漢子，頭裹包頭巾，雙手抱胸。他們扮演的大概是努比亞奴隸之類的角色。只有義大利的時裝設計師才會不來這一套。那銀髮女人看來自成一個族裔。她沒有眉毛也沒有眼睫毛，髮線奇高，幾乎接近頭頂。她是出過什麼意外嗎？還是只是在耍新潮？她盯住你手上的自製繃帶看（這繃帶灰底有斑點，完全符合本季的當令時裝花式）。

「您的大名是……」

「阿拉格什。」你說，擺出一個威武的姿勢。那是你第一個想到的姓氏。你不準備用真名。

「在《時尚》雜誌工作？」她說。

「上星期才上班。」

她點點頭，把邀請函還給你。她瞇起眼睛，皺了皺鼻子，就像是說，假如你撒謊，她就會把你扔給那兩個努比亞巨人狠狠修理。

你望向吧檯的所在，看到它似乎已經開工。那些熟門熟路的百貨公司老鳥在吧檯一帶交頭接耳，人手一個玻璃杯。他們的樣子就像是以為自己身在佛羅里達州。你想到，你一開始就往酒吧跑可能是個錯誤。但用任何合理的行為標準衡量，你帶著鬧局的模糊動機冒充別人姓名來到這裡，本身就是個錯誤。

你不斷說借過，終於去到吧檯，點了杯伏特加。當酒保問你要怎麼個喝法時，你說：「要加冰塊的。」然後又補充一句：「要兩杯，一杯給我女朋友。」

端著兩杯酒，你離開吧檯，到人群之中站定，皺起眉頭東張西望，裝成像是在找一個非常要好的朋友。你不想要太顯眼，因為難保（雖然機會微乎其微）阿曼達某個朋友不會認出你，然後在你能夠有所行動以前知會兩個努比亞巨人把你攆走。你現在知道了一個帶著公事包炸彈走入人群的恐怖分子會是什麼感覺：相信每個人都可以看穿你的心思，知道你準備要幹什麼勾當。你的膝蓋微微顫抖。你喝掉一杯伏特加。顯然，你不會是個稱職的恐怖分子。不過，隨著第一滴酒精發揮作用，你忽然記起方才看到吧檯旁邊地上放著一個公事包，然後心生一計。

你走回吧檯。公事包還在地上。它的主人是個漸禿男，有著每天曬日光浴的膚色。他背對著公事包，正在跟兩個東方女孩聊天。你兩根手臂搭在吧檯上，裝出一副百無聊賴的樣子。

「需要什麼嗎？」酒保問你。聽到你回答說「沒有」，他的樣子似乎起了一絲疑心，然後才轉過身。

「我不知道要怎樣開那艘玩意兒，」漸禿男說，「所以便付錢請一些希臘人幫我開。」兩個女孩給他出主意，三個人的頭湊在一起，然後笑起來。他們顯然是在為什麼事情投票。當你偷偷提著漸禿男的公事包溜走時，他正在談論一些島嶼。**你連一滴冷汗都沒流**。

你在靠近伸展臺處找了個座位。你挑的是中間排的中間座位，以便發難時別人不容易一下子便靠近你。你把公事包藏在椅子下面，又用你的西裝蓋住。你的計畫開始具形了。

這時，靠近入口處的群眾像水那樣向兩邊分開。鎂光燈閃個不停。最後你看到了那個引起騷動的原因：一張會讓人聯想到某種化妝品和可口可樂廣告詞的臉。這張臉的主人是那種名不副實的女明星／女名模。她穿著一條褪色牛仔褲、一件汗衫和一頂帆船帽，就像是說：「就算我雙手被綁在背後，一樣可以漂亮到不行。」但你得知一件事實（消息來源是與她共事過的阿曼達）：她是一個追求完美鼻子的女烈士。她的鼻子做過不下七次整型手術，但至今仍讓她覺得不滿意，所以拒拍側臉照。你知道，想要折騰鼻軟骨，其實有更好的方法㊸。從現在相隔的距離，你覺得她的鼻子平平無奇，而她臉蛋的其餘部分更是平庸得要命。你判斷她只有一六七公分，身高不足以勝任伸展臺上的工作。就一個走秀的人來說，她的胸也嫌太大。反觀阿曼達則有著完美的三圍：臀圍三十四、腰圍二十三、胸圍三十三。你還知道她的鞋子、手套和戒指是什麼尺碼。你知道所有有關她的數字，巨細靡遺得足以讓克拉拉為你感到驕傲。連同擁有一副「新古典風格」的顴骨（這是一個攝影師的形容），阿曼達獲得的身價是時薪一百五十美元。

觀眾紛紛入座。一個穿粉紅晚禮服的女人從後臺走到伸展臺，毫無疑問就是時裝表演的司儀。她點頭、微笑，不斷用嘴型打招呼，一直走到伸展臺邊緣的小臺架。你雙手開始抖動，決定要以酒壯膽。你從人潮中擠出一條路，直奔吧檯。人們轉頭望你，而你唯恐他們會看穿你每一個心思。你於是拿出一個事實來安撫自己：你三年來也幾乎每天都看見阿曼達，卻從不知道她腦子裡有什麼鬼心思。她表現的全是正常行為，發出的也全是正常聲音。她也說過她愛你。

燈光暗了下來，穿粉紅晚禮服的女人開始解釋今天何以會有這個盛會。她談到了什麼品味革命之類的。她又利用時裝設計師與一位文藝復興大畫家同名的事實，

㊸指吸古柯鹼。

指出這設計師為時裝界帶來的衝擊，將不下於那位大畫家對繪畫界帶來的衝擊。這時候，酒保告訴你，吧檯已經打烊了，要等到時裝表演結束才會重開——不過，他願意為你和你的十美元鈔票破例。他和你差不多年紀。你想告訴他有關阿曼達的事，但你只說：「這裡珠光寶氣，但我卻看不到有太多警衛。」

他看了你一下才說：「他們無處不在。」聲音顯得很有自信。你覺得自己做了件蠢事。你本以為你說的話可以巧妙掩飾你關心保安問題的真正動機，但現在他反而把你看成一個珠寶竊賊，而在他眼中，一個珠寶竊賊也許比一個遭到床笫遺棄的老公還要不堪。要是你的手能不抖就好了。他上上下下打量你，而他顯然不喜歡他看到的事物。他看來隨時都可能會呼叫便衣警衛或是那兩個努比亞巨人。他們將會鞭打你的腳底，直至你招認一切為止。阿曼達也將會看著你被轟出會場，心想你來這裡只是自取其辱。

「我問這個，是因為我女朋友有一點點擔心她的項鍊。」你告訴酒保。「既然我來了這裡，也許我應該再給她拿一杯酒。」

他在另一個杯子裡施捨了少許的酒。「這次不用加冰。」你說。他臉色鐵青。

「如果她丈夫在她回到家時看見她項鍊不見了，絕對會大大不悅。」說到這裡，你對酒保使了個眼色。「他以為她外出是去打橋牌。」為什麼你會說這些有的沒的？

你往座位走去的時候偷偷回望。那酒保正向某人打手勢。你打一雙雙膝蓋之間溜過，不斷道歉和灑出一些酒。粉紅色女士正談到什麼「勇敢新外觀」❹❹。第一個模特兒在你坐下時出場。她就像祖魯人一樣又黑又高。粉紅色女士介紹了模特兒的一身裝扮，強調衣服上的褶襉飾邊對「新優雅」來說是如何不可或缺。

阿曼達是第三個出場的模特兒。至少你認為她是阿曼達。因為她臉上施了許多脂粉和做了一個向後梳的髮型，你不敢百分百肯定。她走的是模特兒的固定臺步，但你認為你還是看出了一些阿曼達特有的擺腰動作和走路節奏。她在伸展臺轉了一圈，便回到後臺去。你不夠時間判斷。你無法確定那模特兒確實是阿曼達。你記得你的朋友常說，他們在《時代雜誌》或什麼地方看到她的照片，但他們看到的其實是別人。有時他們會拿剪報給你看，而你看了之後會忍俊不禁：照片中的人無一處像阿曼達。不過自從她離家出走之後，你發現自己一樣有搞不清楚她長什麼樣子的問題。你把她拍過的時裝照拿出來看，想要拼湊出符合你記憶的五官，可她在每張

❹❹這個構詞是仿「美麗新世界」。

照片裡都顯得微微不同。她的女經紀人說過，她扮什麼都像什麼（不管是妖婦、商界女強人或鄰家女孩）。一個每次辦時裝秀必用阿曼達的設計師說，她五官的可塑性幾乎直逼塑膠。你開始懷疑，你對阿曼達所有的堅定認識，並不比她在強光燈下擺出來的樣子更堅固。你一直看到的只是她秀給你看的部分；你看到的是你想要看到的東西。

你十指緊緊抓住椅子邊緣，等著她下一次出場。你已經多多少少制定了一個計畫。如果他們想制止你，你就會說你的公事包裡裝滿炸藥，誰敢靠近你就會引爆炸彈，把整個地方夷為平地。那個祖魯女人穿著新服裝再次出場。然後是下一個模特兒。再下一個應該輪到阿曼達——結果卻不然。你慌了起來。她一定是已經看到你。這麼說，她不會再出場了。但下一個出場的卻是阿曼達，或說是你認為她是阿曼達的那個女人。她往伸展臺走過來時，你站了起來。粉紅色女士正在大力推銷她身上的褶皺。你想要大聲吶喊阿曼達的名字，卻發現自己忽然失聲。人人開始看著你。一絲絲聲音從你喉嚨裂出。你最終聽到了自己的聲音：「阿——曼——達！」

她繼續走秀，走到伸展臺盡頭，以腳尖旋轉的方式讓她的洋裝裙子更加耀目。接著，她走向T形伸展臺的一翼，然後再走到另一翼。就在幾乎直接站在你面前的時候，她轉身望著你。這一望要不是充滿恨意，就是不把你當一回事。你想要求她給你一個解釋，但她已經轉身往回走，就像什麼都沒發生過。不管她是誰，她都是專業模特兒；不管她是誰，你都從來不認識她。

粉紅色女士懇請你坐下。人人都從椅子上轉過身望向你。他們在心裡嘀咕：**坐下！你想幹嘛？**一個坐你前排的攝影師轉過身，給你拍了張照，以備你鬧出什麼見報新聞時可以派上用場。你想像《紐約郵報》會出現這樣的標題：**遭床笫遺棄的老公瘋而走險**。兩個穿西裝的壯漢從走道匆匆過來。他們耳朵處垂著的電線大概是用來連接單耳耳機和小型收發器。不過，你也不能排除他們有可能是機器人。事實上，你又怎能肯定坐你旁邊那個一臉驚恐的女人真的是感受到你所謂的「驚恐」？如果你一腳踩在她腳上，她應該是會大叫一聲，但你又怎麼知道她真是感受到了疼痛？你甚至有可能娶過一個機器人當老婆。

兩個男機器人分別從你坐的那排座位的兩邊擠過來逮你。你為這個聰明、有效率的策略鼓掌。這時音樂聲被調高，大概是要蓋過你的鼓掌聲。當其中一個耳朵垂著電線的男人抓住你手臂時，你並沒有反抗。「我們走吧。」他說。你跟隨他走過一個個觀眾，途中向每個被你碰到膝蓋的人道歉。當他們一把你帶到中間的走道之後，其中一人就毫不留情地緊攥住你的手臂。

兩個男機器人把你押往大廳。途中你們一度被一團日本遊客淹沒（這團遊客的導遊揮著一面粉紅色旗子和別著一個象形文字的領章）。你的兩個押送者對著袖子上的麥克風說話：「鬧事者已被逮，正送往大廳途中。」在把你推出飯店大門之前，一個男機器人探身對你說：「別再讓我們看見你。」

外頭是個藍色豔陽天——對你而言太豔了。幸而這一次，你難得沒有忘記帶太陽眼鏡。午餐時間的人潮在帕克大道沸沸揚揚。你本以為人人都會一臉驚恐地盯著你看，但那些人根本懶得看你。在街尾處，有個戴洋基棒球帽的胖子推著手推車，在賣椒鹽捲餅。一個穿皮草大衣的女人舉起右手，希望可以攔到一輛計程車。就像多年來第一次踏進游泳池那樣，你小心翼翼地讓自己被捲入路人的潮水中。

「世界會變，人也會變。」這是阿曼達的說詞，想用這話輕輕帶過一切。你希望她給你一個解釋，一個可以建立責任歸屬、讓正義得以伸張的解釋。你考慮過使用暴力，也考慮過息事寧人。但你最後剩下的只是一個不祥之兆：你過去的人生將會褪色，就像是因為把一本書讀得太快，以致讀罷後只記得一些零星的意象和情緒，到最後甚至只記得書中的一個名字。

寬麵條與同情心

天黑後，你回到先前的犯罪現場，收拾各種零零星星的東西。由於新一期的雜誌已經在今天早上送印刷，所以你預計不會有人留在辦公室。走進大樓時，你有一種奇怪的感覺，覺得自己是個潛入神殿的背教者。你從華爾道夫大飯店得到的宿醉對你並無多大幫助。

當你在二十九樓走出電梯時，你第一個碰到的人是「幽靈」。電梯門在你背後關上。

他站在接待區中央，像隻傾聽蚯蚓聲音的知更鳥那樣頭側到一邊，說了聲「哈囉」。

你有一種掉頭快跑的衝動。光是出現在這裡就讓你覺得羞愧，又特別是經過昨晚的事情之後。你等得愈久，便感到愈難開口說話。當前的情形就像他是聾子而你是啞巴。

「晚安。」你用一種古怪、飄忽的聲音說道。

他點點頭。「我很遺憾聽說你離開了我們。如果你需要一封介紹信的話……」

「謝謝。真的非常謝謝。」

「再見。」他說罷轉過身，向著校對部飄然遠去。這個奇怪的相遇，比任何事情都更讓你強烈感受到離愁別緒。

你先在走廊轉角的鏡子察看動靜。克拉拉辦公室的門是關上的，通向「教主」密室的門也是一樣。但事實查證部卻有燈光。你小心翼翼地前進。

梅根還在辦公。你走進去時，她抬起頭，看見是你，便又低頭繼續閱讀。

「記得我嗎？」

「我記得一個午餐之約。」她的視線還是停留在桌面。

「啊，糟糕。我很抱歉。」

她抬起頭。「抱歉是你的慣用語。」

「今天中午我有非做不可的事。」

「是件年輕甜蜜的事？」

「是件老得發酸的事。」

「你知道，我也是有情緒的。」

「我真該死。我很抱歉。」

「我看得出來你最近很多心事。」梅根說。

「我們改成吃晚餐怎麼樣？」

「再跟你約一次說不定會要了我的命。」她說，這時臉上現出了微笑。

「等我收拾好東西就走，不會超過一分鐘。」

不過，一拉開書桌的幾個抽屜之後，你就曉得真要收拾的話，會需要一整個晚上。裡面有數不清的浮渣廢料：檔案夾、筆記本、私人和公家的通信、校樣和打樣、紙板火柴、寫著姓名與電話的小紙條、短篇小說的初稿、素描和詩歌。其中一份東西是〈曼哈頓之鳥〉的初稿；另一份是〈美國政府一九八一年農業統計數字摘要〉，它是你在查證一篇談家庭農業之死的文章時的必要根據。你在這份東西背後寫了一個名字「蘿拉．鮑曼」和一個電話號碼。誰是蘿拉．鮑曼？你大可以照著那個電話號碼打給她，問問她什麼時候跟你的生命有過交會。你還可以告訴她，你得了健忘症，正在尋找解藥。

在最上面一格抽屜，你找到兩個長方形空盒子。事實上，它們其中一個不算全空：黑色墊底紙上濛著一層細細的粉末。你用信用卡把粉末刮到桌面，再用信用卡邊緣把粉末聚攏成兩道細長條。你望向梅根。她還在閱讀。你大可以悄悄地把那兩線粉末吸掉，她應該不會察覺到異狀。你從皮夾取出一張鈔票，用拇指和食指把它捲成細細的圓柱體形狀。如果你們一人吸一線，雙方都會覺得吸不過癮。另一方面，即便你一個人獨吸兩線，一樣會意猶未足，會想要再吸第三線、第四線，進而引發出一個永不能滿足的連鎖反應。這就叫自知之明嗎？不管怎樣，你想要把好東西帶給梅根。她可能從未碰過這種東西，光吸兩線就會大呼過癮。

「梅根，過來一下。」現在你決定割愛。

你把捲起的鈔票遞給她。她揚起兩道眉毛。

「這東西可以讓妳忘記自己沒吃午餐。」

「這是什麼？」

「讓玻利維亞大名鼎鼎的粉末。」

她小心地把鈔票捲湊到鼻孔，再彎下身體。

然後她把鈔票還給你。「另一線也吸掉吧。」你說。

「你確定？」

「確定。」你只希望她動作快一點，把事情作個了結。

梅根像兔子那樣皺了皺鼻子，吸了吸鼻涕。「謝啦。」

你把抽屜裡的所有東西都倒到桌面上，納悶著要怎樣處理。它們有一些也許是重要的，但大部分都是垃圾。你要怎樣判別？

「雜誌社今天早上出了些亂子。」梅根說，在你書桌的邊緣坐下。你直想從椅子跳起來，用夾克蒙住頭，往走廊拔腿便跑。你根本不想回應。一整天下來，你都刻意壓抑你曾經突襲克拉拉辦公室的記憶。你想向梅根解釋，那只是一個玩笑，當時你醉了，而出主意的人是泰德；做那事情的人其實不是你，而是你身上的一個小丑，你一直拿他沒辦法；你平常不會做那樣的事。你完全不是那樣的人。不過，如果阿歷斯受傷嚴重，梅根應該會更早提這事。你的眼睛始終凝視著一本「事實查證手冊」。

「亂子？什麼樣的亂子？」

「今天早上，里騰豪斯來上班的時候，發現阿歷斯・哈地暈倒在克拉拉的辦公室地板。」

你發現自己說起話來很吃力。「真的？他有沒有怎樣？」

「我不認為他有多嚴重。他只要把血液裡的酒精全部清乾淨就會沒事了。他已經去了麥克萊恩一家叫『著名嗜酒作家止酒中心』接受治療。」

「他暈倒的時候有受傷嗎？」

「說來奇怪。他完全沒有受傷的跡象，但地板上卻有血跡，牆上也有。有夠怪異的。」

「他有說些什麼嗎？我的意思是，他有說是怎麼回事嗎？」

「語無倫次。他說什麼自己受到小矮人襲擊之類的。」

「你們沒報警吧，有嗎？」

「我們幹嘛要報警？」

「我只是好奇罷了。」你開始放下心頭大石。阿歷斯身體無恙，而警察會到你家敲門的可能性也大大降低了。

「還有一件怪事。」梅根說，「收發室裡不知怎麼搞的冒出一隻貂。」

「貂？」

「牠躲在裝滿退稿件的郵袋裡。信差今天早上拿起袋子時，牠突然竄出來，把信差咬了一口。最後沒法子，只好找來動物保護協會的人。」

「真是有夠怪。」你心裡想：可憐的弗瑞德。

「你這些要怎麼辦？」她說，指指你桌上那一大堆東西。

「我想目前的情況有需要採取非常手段。」你站起身，把辦公室裡所有廢紙簍找了過來，在書桌邊排成一排。你從書桌拿起一本書，遞給梅根。「妳可以幫我交給阿歷斯嗎？告訴他這是其中一個年輕新銳。」她接過書。你把抽屜一個一個拉出來，把裡面的東西全倒進鋼製的廢紙簍裡。

「搞定了，咱們吃飯去吧。」

在計程車裡，你問梅根想上哪家館子。

「去我家怎樣？」

「妳打算親自下廚？」

「聽起來你對我的廚藝存疑。」

「我只是覺得意外。」

「如果你是想在外頭吃……」

「不，我覺得妳的主意棒極了。」

你們在布利克街下車。梅根牽著你的手，帶你走進一家熟食店。她拿起一包東西等待你首肯。「寬麵條。」她說。你點點頭。「我打算教你怎樣採買和做一頓飯。」在下一條走道，她把兩罐蛤蜊罐頭介紹給你認識。她說她通常都喜歡用新鮮蛤肉和新鮮麵條做飯，但她不想在第一堂烹飪課就把你嚇著。

你們從熟食店走向第六街。一面走，梅根一面告訴你新鮮麵條和乾燥麵條的差別何在。每走一步，你都更接近科妮莉亞街那戶舊公寓，也就是你和阿曼達初到紐約時住的那一戶。這街區原是你的街區，四周的商店原是你的商店，你就像擁有一個頭銜那樣擁有著它們。可現在就像有誰把地基弄歪了幾度似的，讓一切看來既相似又相異。

你們走過奧托萬奈利肉店。一些小動物的屍體懸掛在櫥窗上：去皮的兔子、無毛的乳豬、拔光羽毛的黃腳家禽。沒有白鼬。阿曼達每次見到這光景都會覺得噁心，可見她當時已經有志住在上東區。那裡的肉販都會給他們的肉品套上名牌服裝的紙複製品。

鍾斯街與布利克街的交界處原有一間酒吧，但如今已被一家中國餐館取代。那酒吧是女同志的大本營，她們的喧鬧聲在夏天晚上常常把你吵醒（夏天太熱，你不得不打開窗睡覺）。就在你們快搬離這一區之前，有群思想不開通的小夥子帶著棒球棒走進酒吧，為他們一個先前被攆出酒吧的同夥興師問罪。酒吧裡的女同志都帶著撞球桿。戰況非常激烈，兩邊都傷勢慘重，導致酒吧被市政府某個部門勒令停業。

更往前走，是癡肥吉卜賽女人卡特蓮娜夫人的工作坊。她向你招手，慫恿你進去她那擺著紅色天鵝絨沙發的工作室，讓她算命。如果你在一年前便找她，她會說些什麼來著？

「那裡有本市最好的麵包。」梅根指著齊托烘焙坊說。你們走進去的時候，門上響起了鈴鐺聲。室內的香氣讓你回憶起，還住在科妮莉亞街的時候，你每個早上都會被出爐麵包香給挖起床，而當時阿曼達還睡在你旁邊。那彷彿是一輩子以前的事。你仍然記得她的睡姿，只是已不記得你們談了些什麼。

「要白麵包還是全麥麵包？」梅根問。

「沒意見。就白的吧。」

「你不知道什麼對你比較好。」

「好吧，好吧，全麥麵包吧。全麥麵包比較健康。」

繼烘焙坊之後的下一站是蔬菜攤。為什麼這城市的蔬菜全都是韓國人在賣？一箱箱飽滿的農產品在綠色遮陽棚下面閃閃發亮。你懷疑，店家是根據某種東方心靈控制原則來擺放不同顏色的蔬果。他們會把紅色的番茄擺在黃色的南瓜旁邊，說不定是知道這種配色會讓顧客忍不住要買一袋昂貴的柑橙。梅根買了新鮮的羅勒、蒜、羅曼生菜和番茄。「現在有賣番茄了。」她說，把一顆又紅又大的蔬菜舉到你眼前。還是說那是一顆水果？

梅根住在查爾頓街和第六街交界一棟五〇年代的大樓。兩隻貓（一隻暹羅貓、一隻三花貓）等在門內。她介紹牠們給你認識：一隻叫羅森格蘭茲，一隻叫吉爾登斯吞，簡稱羅森和吉爾。梅根解釋說，她的第一個角色是在「外百老匯」㊺一齣搖滾樂版的「哈姆雷特」㊻中扮演丹麥王后。

「我不知道妳當過演員。」

「演戲是我的初戀，但我後來演膩了配角。」

梅根的住家是個小套房，但卻布置得像是有幾個各司其職的不同區域。一面牆靠著一張雙人床，床上是一條碎花棉被。房子中央有一張沙發，它與幾張配對的椅子共同面對著最大的一扇窗戶。房子另一頭是幾個書架圍成的一個空間，裡面有張捲蓋式書桌。這房子的有條不紊只稍稍被隨意怒放的幾株盆栽植物所減低。

梅根把她的圍巾放入大門旁邊的貯物間，兩隻貓在她腳踝磨蹭。「要不要來一杯葡萄酒？」

「當然好。謝謝。」

兩隻貓尾隨她走進廚房。你瀏覽書架上的藏書。一個人的藏書是分析這個人個性的利器。梅根的書架是實用型的金黃色楓木書架，各類書都有一點。書本的排列既整齊又有點不整齊，顯示出它們真有人讀，又顯示出讀它們的人取書放書都很小心。藏書按大範疇分類：一格是詩集；一排大開本的藝術書籍；一長排口袋裝的法文小說、法文音樂書和法文歌劇書；十幾本薩繆爾·弗倫奇出版的劇本，再來是半

㊺「外百老匯」指那些製作成本較百老匯戲劇低但風格較自由的劇場。

㊻羅森格蘭茲和吉爾登斯吞是莎劇「哈姆雷特」中的兩個角色。

架子雜誌社連載過的回憶錄的單行本。你抽出伍爾卡夫那本饒舌的《社交場所老手》，看見扉頁上有題字：「梅根惠存——她讓我總是誠實不欺。」把書插回書架的時候，你瞄到有一本書的書脊上寫了《更佳性生活之練習》。

梅根端著兩杯葡萄酒回來。「給我一分鐘換衣服，然後我會教你做一頓世界上最容易做的飯菜。」

梅根往床旁邊的一個獨立式衣櫥走去。她打算在哪裡寬衣？你們在這裡的相處方式可以隨便到什麼程度？當她探身到衣櫥裡找東西的時候，你不能不注意到她有一個奇大的臀部。你和她一起工作了近兩年，這還是你第一次注意到她的臀部。她今年到底幾歲？她從一個衣架上取下衣服，說馬上就回來，說完走進了廁所。那隻暹羅貓用你的脛骨按摩自己的臉。**更佳性生活之練習**。

梅根穿著一件有燈籠袖的栗色絲綢襯衫從廁所出來。這種穿著的涵義並非自明。如果她有少扣一顆鈕釦，你也許就可以解釋為「挑逗」，但在沒有少扣一顆鈕釦的情況下，你只能把她的穿著形容為「隨便」。

「坐吧。」梅根說，向沙發的方向比了個手勢。

你倆都坐了下來。「我喜歡這裡。」你說。

「地方小了點，但我負擔不起更大的住處。」

你希望話題往另一個方向轉。幾分鐘以前，你倆不過是要一起吃頓飯的同事，但現在卻變成獨處一室（室內還有張床）的孤男寡女。

沙發旁邊的茶几放著幾張照片。其中一張又大又有光澤，是年輕一點的梅根與兩個男人在舞臺上合照。

「那是我最後一齣戲的劇照。戲名叫『誰怕吳爾芙？』，在康乃狄克州的橋港上演。」

你拿起另一幅照片。影中人是個拿著釣竿的小男孩，釣竿上鉤著一條鱒魚。背景是一間小木屋和一片森林。

「從前的男友？」

梅根搖搖頭。她伸長身體，把照片拿走，殷切地端詳。「是我兒子。」她說。

「兒子！」

梅根點點頭，繼續看著照片。「這是兩年前拍的。他今年十三了。我快一年沒看到他了，不過等今年學校一放暑假，他便會過來住住。」

你不想顯得自己愛打探，而且目前這個話題隱含著危險性。你以前沒聽說過她有個兒子。突然之間，梅根變得不像你想像的那麼一目了然。

她把手伸過你胸口，把照片放回茶几。你的臉頰可以感受到她的呼吸氣息。

「他與父親住在密西根州北部。那是一個男孩成長的好地方，有許多適合男生的活動，包括打獵和釣魚。他爸爸是個伐木工。我認識他的時候，他是個失意劇作家，寫的劇本都乏人問津。我們一文不名，而其他人看起來都很富有。我不是個偉大的太太。傑克——我前夫——不想讓小孩在城市長大，而我不想離開城市。我當然也不想讓兒子離開。但沒辦法，我一度因為吃了太多的『利眠寧』，而被送進貝爾維尤的醫院，所以顯然沒有立場去爭奪兒子的監護權。」

你不知道該說什麼。你侷促不安，想要知道更多。梅根啜著葡萄酒，望著窗外。你知道這事情一定讓她很痛苦。

「妳丈夫沒留下來陪妳？」

「他沒有多少選擇餘地。我當時得了躁鬱症，整個人像瘋子似的。直到幾年前醫生才終於檢查出來，我會得病純粹是因為身體缺乏了某種化學物質，稱為碳酸鋰之類的。現在我每天會服食四片藥片，已經沒事了。但要再次成為一個全職媽媽卻太遲了。狄倫現在有了一個很棒的繼母，而我每個夏天都可以見到他。」

「真慘。」你說。

「其實沒那麼慘。我已經看開了。狄倫過得很好，這才是最重要的。要吃晚餐了嗎？」

你倒是寧願多知道一些故事裡的細節，例如她住在貝爾維尤的時候是怎樣尖叫和呻吟。但她已經站了起來，向你伸出一隻手。

在廚房裡，她給了你一把削皮刀和三瓣蒜頭。你發現蒜皮很難剝。她教你，剝皮前先用刀背敲蒜頭幾下，會容易許多。然後她注意到你手上裹著繃帶。「你的手怎麼回事？」

「被門夾到罷了，沒什麼大不了的。」

梅根走到你背後，在水槽裡洗萵苣。當你退後一步，想要找個削皮的更佳角度時，你倆的屁股碰在了一起。她笑了笑。

接著她在火爐前面忙來忙去。她從一個打開的小櫃子裡拿下一瓶東西。「橄欖油。」她說，在煎鍋裡倒入一些，再打開瓦斯。你給自己斟了另一杯葡萄酒。「蒜頭好了嗎？」她問。你已成功給兩瓣蒜頭去皮。它們看起來赤裸裸。「我們看來不怎麼有效率。」她說，從你手上拿過刀子，自己去給第三瓣蒜頭去皮，再把三瓣蒜頭全剁碎。「現在我們讓蒜頭在煎鍋裡爆香。這段時間我要負責切羅勒，你要負責把蛤蜊罐頭打開。懂得用開罐器嗎？」

你大部分時間都是光站著，看著梅根在廚房忙東忙西。她偶爾會把你推開，免得你擋路。你喜歡她的手放在你肩膀的感覺。

「跟我談談阿曼達。」梅根一面吃沙拉一面說。你們坐在一個用餐凹間裡共進燭光晚餐。「我有一種直覺，你們之間發生了什麼不好的事。」

「阿曼達是一個小說角色，」你說，「是我虛構出來的。我是直到最近才意識到這一點。因為有另一個也叫阿曼達的女人從巴黎打了長途電話給我。妳介意我再開一瓶葡萄酒嗎？」

你終於對梅根和盤托出。她說阿曼達必然是處於極大的迷惘。你覺得這值得你再喝一杯。

「你這段時間過得很糟，對不對？」她問。你聳聳肩。你望著她胸部，想要斷定她是否戴了胸罩。

「我一直為你擔心。」梅根說。

你們從餐桌移師到沙發。梅根說每個人都會把自己的需要投射給別人，但這些需要又不總是別人所能滿足的。你得到一個結論：沒有胸罩。

你假裝要上廁所。你打開燈，把門帶上。浴室裡東西很多，讓人有一種擁擠但溫馨的感覺。馬桶水箱上放著乾燥花，座板上鋪著白色羊皮。你拉開浴簾。淋浴間牆上有一塊擱板，上面放著些瓶瓶罐罐。**維塔巴斯沐浴乳**。你喜歡這種產品品牌的讀音。**潘婷洗髮乳**。**潘婷潤髮霜**。照理說這不會讓你聯想到**女用內褲**這個詞，但你卻偏偏這樣聯想㊼。**露比麗登乳液**。你拿起一個絲瓜刷往臉上摩擦，再放回原處。肥皂盒裡放著一片丟棄式的刮毛刀片。

你打開洗手臺上的藥箱，裡面放著化妝品和雜七雜八尋常的家用藥物。其中一瓶是寫著**無色**、**無臭**、**無味**的「金諾爾二號避孕膏」。這是好消息。在最上一格放著幾瓶處方藥物。你拿下一瓶：「梅根・埃弗里；碳酸鋰；一日四片。」另一瓶是四環素。就你所知，你並沒有受到細菌感染，所以把它放回原處。你在第三次打擊時終於得分了：「『煩寧』：消除緊張之用，須按醫生指示使用。」你用得著它。

㊼「潘亭」（Pantene）與「女用內褲」（panties）發音略近。

你對著燈舉起玻璃瓶：幾乎是全滿的。經過短暫努力，你把有防小孩裝置的瓶蓋扭開，把一片藍色藥片抖到手掌，再把它送進嘴巴。然後你記起，上一次你吞下一片「煩寧」之後的感覺是全無效果。於是你又多吃一片。把瓶子放回藥箱之後，你拉了泡尿。

你回到外面時，梅根正在廚房裡處理盤子。「我馬上就好。」她說。你坐在沙發上，給自己又倒了一杯葡萄酒。這種酒的酒香隱約有點移民工的汗味。

「你上廁所時，我想到不如利用這個時間把盤子洗了。」

「很好！」你說，「還要再喝一杯嗎？」

她搖搖頭。「我已經不太能喝了。」

「這樣也很好！」你感到自己寬宏大量。

「你還寫東西嗎？」梅根問。

你聳聳肩。「我一直試著把一些想法寫出來。」

「加油，」她說，「我希望有一天會看到你回到雜誌社，向小說部領一張支票。我希望看到你昂首闊步走過克拉拉的辦公室，走進事實查證部。我會準備一瓶香檳等著你。」

你不知道梅根為什麼會相信你有寫作能力，因為連你都不相信自己。但你感激莫名。你設法想像你凱旋榮歸雜誌社的畫面，卻發現你的心思淨是放在欣賞梅根那雙並貼在沙發上的光腳丫。

「你有什麼打算？已經有可能的工作機會了嗎？」

「有一些線索。」你說。

「我可以介紹你去見幾個人，」她說，「你需要準備的只是一份好履歷，把自己形容得同時勝任報界和出版界。我認識哈潑出版社一位主編，他一定會樂於跟你談談。我已經找克拉拉談過，她說為了雜誌社著想，她希望好聚好散，所以願意給你寫一封推薦函。」

梅根的高效率令你激賞，但被炒魷魚這件事害你有點心灰意冷，所以打算先把謀職的事擱一邊。就目前而言，你只想再多喝一點點葡萄酒，讓自己在沙發皮面裡多深陷一點點。你想向梅根表示你有多麼感激她。於是你伸出手，把她的手握住。

「謝謝妳。」

「如果你需要錢暫時周轉，也不要不好意思開口。」

「妳人太好啦。」

「我只是想幫助你重新站起來。」

還不是站起來的時候，你想。你寧願躺下來，把頭埋在梅根大腿裡一兩星期。床離沙發只有幾英尺之遙。你向前探身，把另一隻手搭在梅根肩上。你按摩這肩膀時，絲布料在她皮膚上滑來滑去。沒有胸罩吊帶。你望入她的眼睛。她是個罕有的女人。她微笑著，也伸出手輕撫你的頭髮。

「船到橋頭自然直。」她說。

你點點頭。

她的臉顯示她正在轉換思緒，然後她問：「你爸爸好嗎？」

「還不錯，」你說，「他好極了。」你把她拉向你。你的手滑到她後腦勺，閉起眼睛要用你的嘴唇找到她的嘴唇。你把她的頭壓向沙發椅背，又用舌頭舔她牙齒。你想要找到她的舌頭。你想要消失在她嘴巴裡面。她把頭撇開，想要擺脫你的擁抱。你把一隻手伸到她襯衫下面。她輕輕抓住你的手，止住它的蠢蠢欲動。

「不要這樣，」她說，「這不是你想要的。」她的聲音靜謐，具有安撫作用。她沒有生氣，但態度堅定。當你的手設法要推進時，她再次把它給止住了。

「別那樣。」她說。當你設法再次吻她時，她把你推開，但仍然留在沙發上。

你覺得你是正在追求穩定水平面的水，而梅根是大海。你把頭枕在她大腿上。她輕撫你的頭髮。「冷靜下來，」她說，「冷靜下來。」

「感覺好一點了嗎？」梅根在你把頭從她大腿抬起時問你。

房子裡的水平面繼續在晃動，各個表面都以海洋的韻律在膨脹和收縮。你並沒有好一點，你有哪裡不對勁。

「我想我也許需要站起來，去個……唔……去個洗手間。」你聽到自己這樣說。測試：一、二、三。

梅根扶你站起，扶著你的手肘把你帶到廁所門。「有需要隨時叫我，我就在門外頭等你。」

廁所裡的黑白相間瓷磚不停轉動。你站在馬桶前面琢磨自己的狀況。你是想要吐嗎？不盡然。至少目前還沒有想吐。不過既然已經站在這裡，你不妨小個便。你拉開褲鍊，對準。你面前有張海報，上面印著些文字。你探身向前去讀那些文字，但又因為感覺重心不穩而急往後仰。

你仰過了頭，向後倒去。你想要抓住浴簾止住跌勢，但抓了個空。

「你還好嗎？」站在門另一邊的梅根問說。

「沒事。」你說。但你已經大半個人掉在了浴缸裡，只有兩條腿突出在浴缸外頭，離身體老遠。你並不覺得有什麼特別不舒服，就只是背部有一點濕濕的感覺。你打算研究一下這是怎麼回事，想要查出濕的來源，你打算在一分鐘後進行研究。

廁所門在這時候打開。救你的人來了。

有時是一個模糊的概念

你睡醒時發現胸膛上趴著一隻貓。你躺在沙發上，蓋著棉被。你在幾分鐘後認出這裡是梅根的公寓。她的床空空如也。時鐘顯示十一點十三分。從外面的日光判斷，現在應該是上午。你最後記得的一件事是凌晨時分在什麼地方向梅根求歡，但應該是沒有成功。你隱隱感覺自己一定是鬧了個大笑話。

你坐起來，對自己身上的奇怪睡衣褲驚訝不已。你站起來，看見廚房桌上留了張字條：**冰箱裡有蛋、英國鬆餅和柳橙汁。你的衣服掛在浴室裡。稍後給我打個電話。關心你的梅根。**

看來她至少沒有恨你，這大概是因為你沒有讓自己醜態畢露。還是不要去想這件事為好。你在浴室裡找到衣服，它們硬挺和乾淨得就像是剛送洗過。那隻三花貓跳到洗手臺上，在你換衣服時不停地在你的髖部磨蹭。

你應該留一張字條給梅根的。你找來一本厚厚的寫字紙。

親愛的梅根，感謝妳提供的膳宿。晚餐很美味。接下來該怎麼寫呢？應該承認你完全失去記憶嗎？**我猜我昨晚太早睡著了。**問題是，那之前你幹了些什麼？所以，你需要的是一個萬用的道歉，以此掩飾你做過的每件可能醜事。**請原諒我表現出的行為有欠紳士舉止。讓我們不久之後再聚一聚，如共進午餐之類的。**

你把這張字條撕掉，在另一張新紙上寫道：**親愛的梅根，我很抱歉。我知道我說過太多次抱歉了，但這一次是由衷的。謝謝妳。**

你才一回到公寓，電話便響起。你戰戰兢兢拿起話筒。打來的人是理查德·福斯，也就是「教主」助理提醒過你們要敬而遠之的那個記者。他說他側聞你最近丟了工作，又說很喜歡你不久前為《村聲》寫的一篇書評。沒有人會讀《村聲》刊登的書評，但你仍然欣賞福斯的助理做事仔細。他提到哈潑出版公司最近有一個空缺，說不定會適合你，而他可以為你美言。他真是個大好人。你記得上一次參加他的新書發表會時，他可沒有這麼親切。

「我幾個星期前碰到過克拉拉．蒂林哈斯特，」他說，「沒有任何樂於一起喝酒的男人會受得了她。我的消息來源告訴我，她從一開始就不爽你。」

「短暫的蜜月，漫長的離婚。」

「你會不會覺得，『裝了輪子的悍婦』㊽是對她的精確形容？」

「我想她是有履帶的，就像一輛夏爾曼坦克。但這種事難以求證。」

「我猜你知道我正在寫一篇有關你老東家的報導。」

「真的？」

「我希望你能夠提供我一些背景資料，趣聞軼事之類的。」

「你想要齷齪內幕？」

「任何你能夠提供的材料。」

一隻小蟑螂爬上了電話旁邊的牆上。你是應該碾扁牠還是放牠一馬？

「我只是一隻小工蜂。我不認為我能提供什麼會引起全國性興趣的東西。」

「在後臺工作的人員總是對全景看得最清楚。」

㊽這個俚語是指對下屬頤指氣使的女強人。

「那是個相當枯燥乏味的地方。」你說，已然覺得那裡的一切與你無關，對那地方的辦公室政治與八卦的興趣不高於其他地方。

「為什麼還要對他們忠心耿耿呢？他們可是把你掃地出門。」

「我只是覺得這個話題讓我厭煩。」

「我們一起吃午餐吧，這樣可以激盪出靈感。一點半約在俄國茶館好嗎？」

你說你沒什麼好提供給他的。你知道的一切都是一鱗半爪。你告訴他你是個不可靠的消息來源。他指出大眾有知的權利。他煽動你的報復心理。他留下電話號碼，說你若是改變主意便打給他。你沒把號碼抄下來。

你外出吃飯和買份《紐約郵報》。快兩點了。你不是第一次納悶，何以整個紐約市的咖啡廳都像是由希臘人在經營。外賣咖啡的紙杯上印有一些半裸的古典希臘人物。

哦，希臘的形體……上面綴有紙的男人和女人……[49]

你在餐臺上攤開報紙，讀到昏迷寶寶在一次緊急剖腹產中誕生人世，早產了六星期。而昏迷媽媽過世了。

從第七大道轉入西十二街的時候，你看到有個人坐在你公寓大樓的前臺階。他看來跟你弟弟麥克像得要命。你倒抽一口涼氣，放慢了腳步。然後你停住。真的是麥克。他來這裡幹嗎？他應該待在貝克斯的家裡。他不屬於這裡。

他看見了你，站起身，迎著你走來。你轉過身，拔腿便跑。地鐵站入口在半條街之外。你每次跨下兩級階梯，閃避開一具具拾級而上的行屍。一列開往上城區的列車停在月臺邊，門打開著。售票櫃檯前面排著長龍。你從十字轉柵上頭一躍而過。售票櫃檯的揚聲器發出一個金屬聲音：「喂，你幹嘛！」你在車門要關上之際衝進了車廂，人人都瞪著你看。不過，當列車開出後，大家便各看各的《紐約郵報》，各想各的憂愁心事。

你從髒兮兮的車窗望向往後退的月臺，看見麥克站在十字轉柵外頭。你馬上從窗子往後縮。你不想看到他，這不是因為他是個壞人。你為一切感到內疚。哪怕是這時候，一個帶著對講機的地鐵警察說不定正一個一個車廂搜索，打算要逮捕你。

㊾這是模仿英國詩人濟慈〈希臘古甕頌〉的詩句，原句作「哦，希臘的形體……上面綴有石雕的男人和女人……」。

你坐下來，任由地鐵的搖晃聲充斥你的腦袋。沒多久，噪音便不再是噪音，而搖晃也不再像是搖晃。它們足以讓你睡著。

你張開眼睛，望向車廂牆上的廣告。**為一份刺激的新事業受訓吧。即時當個「溫戈」遊戲㊿的贏家吧。可以讓頭髮變柔軟和可愛的頭髮蓬鬆劑。當個女模吧，或至少讓自己看上去像女模。**

你在第五十街的車站下了車。拾級而上去到地面後，你往東而行，途中在一棟棟高樓大廈的冷涼陰影和間歇出現的太陽直照區之間反覆洗三溫暖。在第五大道，你望向「薩克斯」精品百貨的一長排玻璃櫥窗。你穿過馬路，去到第三面櫥窗（這個「第三」是從上城區方向算起）。

阿曼達的人體模型不見了。你再數了一次，確定這是第三面櫥窗沒錯。取而代之的人體模型有一頭壓克力纖維的淺黑色頭髮和一個朝天鼻。你在人行道上走過來走過去，檢視每一個人體模型。有片刻時間，你以為你在第五十街一邊的櫥窗找到了阿曼達的人體模型，但再仔細一看，卻發現它的臉太方正，鼻子也不對。

你來這裡是抱著一個念頭：想要向自己證明，那人體模型已經對你莫可奈何。但它的消失不見反倒讓你忐忑起來。這事意味著什麼？你最後斷定，它會消失是因為你已經走出來。你把這件事視為一個好兆頭。

你在麥迪遜大道走過一個建築工地，它被方圓幾英畝的膠合板圍起，圍籬上貼著不同的搖滾樂明星和瑪麗·奧布莉安·麥肯的臉。在三十層樓高的上方，一部起重機正把一根鋼梁吊上一棟新大樓的骨架。從人行道看上去，那起重機就像玩具，但你幾個月前在報上讀到，有一個路人因為起重機的吊索斷裂，被落下的鋼梁砸死。《紐約郵報》的標題是：**天上掉下來的死亡**。

你走過漢斯里皇宮飯店，它的舊紐約外殼透明地遮住了某個房地產大亨在後頭所豎起的一棟醜陋高樓。一支攝影隊霸占了飯店入口外頭的人行道，一個拿著夾紙板的女工作人員示意路人繞道到馬路。「迷你攝影機推到近鏡。」有人這麼說。每個工作人員都一副了不起的神氣。在外頭的巴士車道上，一個穿著「蒙福聖母高中」汗衫的小夥子把他手提音響的音量調小，問你：「在拍什麼人？」見你搖搖頭，他又把音量調大了：

㊿Wingo，一種室內飛靶射擊遊戲。

事實都簡單而事實都直不隆咚
事實都懶惰而事實都遲到
事實全來自觀點角度
事實不幹我想要它們幹的事情

「她來了。」有個聲音喊道。

你繼續往前走，短暫想了一想那個「失蹤者」，也就是那個已經永遠從人間消失的人。轉入日光普照的第五大道之後，你看見了廣場飯店——這座在曼哈頓島中央巍然拔起的巨大白色城堡，就像是新大陸暴發戶對舊大陸夢的圓夢。你和阿曼達在剛到紐約的第一天住了這飯店一晚。你不是沒有朋友家可以借住，但你倆希望第一個晚上是在廣場飯店度過。在飯店前面那個著名噴泉旁邊下計程車時，你感覺你是抵達了那齣將會成為你人生的電影的首映現場。一個門衛在前臺階向你倆打招呼，「橄欖廳」裡演奏著弦樂四重奏。你們的房間位於十樓，從窗戶只看得到室內中庭，看不見街景，但你仍然相信這城市是在你腳下展開著。圍繞在飯店入口的豪華轎車像是一隊篷車隊，而你有一種感覺：它們其中一輛有朝一日將會歸你所有。

如今回想起來，你只覺得那些豪華轎車無異於一些吃腐屍的鳥，而你也不敢相信，自己過去的夢想竟是這等膚淺。

你是美國夢和中產階級價值觀的好聽眾。這種價值觀慫恿你當個消費者：**既然你與你漂亮的太太住在廣場飯店，那麼，在你們要坐進私人豪華轎車前去欣賞舞臺劇之前，不是應該要點一瓶金錢買得到的最好的蘇格蘭威士忌嗎？**

你更早之前便在這裡住過一次，與你一起入住的是你的父母和幾個弟弟，當時你爸爸被調派到下一個工作崗位，準備赴任。你和麥克整天在電梯裡搭上搭下。你們第二天便要乘坐「伊莉莎白女王號」前往英國。你告訴麥克，英國是沒有銀餐具的，而英國人都是用手吃飯。麥克聽了大哭起來。他不想去英國，不想用手吃飯。你告訴他別擔心，說你會夾帶一些銀餐具進入那個國家。你們在飯店走廊裡潛行，從一些用於客房服務的托盤裡偷來一些銀餐具，塞進你們的行李箱裡。麥克問你英國有沒有玻璃杯。為了以防萬一，你也偷了一些。過利物浦海關時，麥克又哭了起來。這是因為你告訴過他，英國對走私者的刑罰非常可怕。他不想雙手被砍掉。幾年前有一次，當你回父母家裡度週末時，你在放銀餐具的抽屜裡找到一把鐫有廣場飯店紋章的湯匙。

§

你繼續在第五大道向前走，沿著中央公園外側去到大都會博物館。博物館的前臺階有個塗黑半張臉的街頭藝人正在給一小群圍觀者表演默劇。你走過時聽到圍觀者爆出哄笑聲，你轉過頭，發現那藝人正在模仿你走路的樣子。看見你停住，他向你一鞠躬，把帽子脫下。你鞠躬回禮，扔給他一個二角五分硬幣。

在售票窗口，你說你是學生。女售票員問你有沒有學生證。你說你把學生證放在宿舍了，她最終給了你學生票價。

你去到埃及展廳，在一些方尖碑、石棺和木乃伊之間遛達。你來過大都會博物館好幾次了，但這是第一次參觀文物。各種大小的木乃伊一應俱全，有些木乃伊的裹布部分解開，露出皮革似的死肉。另外還有貓與狗的木乃伊，以及一具嬰兒木乃伊——一個為了得到永恆而捲纏起來的古代新生兒。

離開大都會博物館之後，你到泰德位於列克星敦的住處找他。你按了對講機，無人回應。你決定先去喝一杯，稍後再回來。幾分鐘之後，你便身在第一大道的單身者天堂裡。你先去了「星期五餐廳」，在吧檯找到一個位子，最後成功點到一杯酒。隨著黃金時段逼近，這地方擠滿殷殷期盼的女祕書和打野食的律師。他們這些人都是一個樣子。所有女人塗抹的化妝品加起來價值幾百美元，而所有男人在脖子上掛的金鍊加起來價值幾千美元。這些金鍊或是掛著金十字架，或是掛著大衛之星，或是古柯鹼調羹51；有人相信上帝會幫他們釣到上床的馬子，另一些人相信的則是古柯鹼。應該找個人來統計成功的比率，把結果刊登在《紐約》雜誌上。

你坐在一個女孩旁邊，她有一頭染成灰白色的頭髮，身體散發著忍冬的味道。她在跟另一個女生聊天，但不時會偷瞄你一眼。要你猜，你會猜她未達法定的喝酒年齡。她在眼底下塗了兩片紫色眼影，好讓自己看起來有副顴骨。你意識得到有什麼事將會發生，只是遲或早而已。你不確定該怎樣回應。你看見酒保在看你，便向他點了另一杯酒。

「抱歉，」那女孩說，「請問你知道哪裡可以找到一些好料嗎？」

「不知道。」

「我知道。」她說，「我的意思是，我們知道哪裡可以買到一公克的貨，但我

51專門供人挖起古柯鹼粉末湊到鼻孔吸入而製作的小調羹。

們彈藥不夠。有興趣一起去嗎？」

你告訴自己，你不是這麼飢不擇食。你多少還殘留一些自尊。

你醒來時聽到獵人福德[52]的聲音。「殺了那兔子！殺了那兔子！」你感覺自己是個謀殺案的受害者。然後你看見那個有灰白頭髮和浮腫眼圈的女孩俯身看著你，你開始懷疑自己其實是強暴案的受害者。

「發生了什麼事？」

「什麼都沒發生，」她說，「一丁點屁事都沒發生過。我怎麼那麼倒楣，老是碰到同樣的事：在酒吧認識一個傢伙，把他帶回家裡，然後他馬上睡死在我床上。」

這消息紓解了你零點零幾的頭疼。你身在一張奇怪的床上。放在房間另一頭的電視正在播放卡通。你看見自己身上仍然多少穿著衣服。

「至少你沒有吐。」她說。

「這是哪裡？」

「我的爛公寓。」

「這是哪一區？」

「皇后區。」

「妳一定是在開玩笑。」

「有什麼好開玩笑的。」她說，表情變得柔和，開始撫摸你的頭髮。「你想要再試試嗎？」

「現在幾點？」你說，「我上班要遲到了。」

「別緊張，」她說，「今天是星期六。」

「我都是星期六工作。」你坐起來，把她的手從你的頭髮挪開。電視裡，大笨狼懷爾正在建造一個匪夷所思的陷阱，想要逮到嗶嗶鳥。牆上貼著搖滾樂團的海報和小貓的海報。

你聽到房間外頭有說話聲。「誰在外面？」你問，手指指著房門。

那女孩把一張唱片放入唱機轉盤。

「我爸媽。」她說。

52 迪士尼卡通裡的獵人角色，與兔寶寶是死對頭，每次都想幹掉兔寶寶，但每次都吃鱉。

§

你回到曼哈頓的時候已經兩點，感覺自己就像是翻過了幾座山。先前，當你鼓起勇氣走出那女孩的房間時，發現她父母正在看電視。他們甚至懶得抬頭看你。

你從未這樣高興過可以回到自己的公寓。你打開冰箱，看看有沒有喝的。牛奶已經酸掉。當你設法在沙發打個盹時，對講機響起了嗶嗶聲。

你按下講話鈕，一個聲音說：「優比速快遞。」你想，大概是哪個好心人要寄給你一顆簇新的心臟。那聲音聽起來像是從幾層布後面傳來。門房死到哪去了？優比速星期六也會送貨嗎？但是你懶得管。你按下開門按鈕，回到沙發上。門鈴響起後，你朝窺視孔看去。麥克站在走廊裡，身形因為隔著窺視孔而大大縮小，但仍然充滿威脅性。你考慮從防火梯遁逃。他踏前一步，用力捶門。也許你只要不作聲，他就會自己走人。但他再次捶門。

你打開門。麥克的魁梧身體看似占滿了整個門框。

「麥克。」你說。你望向他的眼睛，這雙眼睛惡狠狠的。你低下頭，你看到了一雙貨真價實的工作靴，這種靴子平常在城市裡難得見到。

你任由門開著，走回起居室去。他沒有馬上跟過來。不久，他踏進屋內，砰一聲把門甩上。你攤在沙發上。「坐。」你說，但他仍然站在你面前。你想：這種站姿與坐姿的對峙真不公平，況且他在身高上本來就占優勢。

「你到底在搞什麼鬼啊？」他說。他的身形每過一分鐘就變得更魁梧一點。

你聳聳肩。

「我找你找了一個星期。我打電話到你公司，又打電話到這裡。」

「你什麼時候進城的？」你問。

「之後我又坐巴士進城，坐在大樓的前臺階等你，你卻一見到我就閃人。」

「我誤以為你是另外一個人。」

「別糊弄我。我在你公司留了幾百通留言。然後我昨天又去了你的公司，他們說你自星期三起就不在那裡工作了。到底是他媽的怎麼回事？」他的拳頭緊握著。不明就裡的人會以為丟掉工作的人是他。

「你為什麼想找我？」

「我沒想找你。我巴不得一發現你被古柯噎死或幹著什麼鳥事之後就走人。但爹地擔心你，而我擔心爹地。」

「爹地怎麼啦？」

「你在乎嗎？」

你一直認為麥克會是一個傑出的檢察官。他對大罪行有著尖銳直覺，也對環境證據有著敏感嗅覺。雖然他比你小一歲，卻一直竊據著兄長的角色。他把你的各種缺點和不長進視為對他個人的一種冒犯。

「爹地在加州談生意。最起碼到昨晚為止還在那裡。他要我打電話給你，好確定你週末會回家。因為你一直不回電話，我只好親自來一趟。不管你願不願意，你都得跟我一起回家去。」

「好吧。」

「你那輛『奧斯汀希雷』停在哪裡？」他問。

「車子有點問題。我一個朋友把它撞爛了。」

「你任由別人毀了你的車子？」

「事實上，我只交代他撞凹幾個地方，沒想到他把它撞得稀巴爛。」

麥克搖搖頭，嘆了口氣。他早知道你狗嘴吐不出象牙。最後，他坐了下來，而這是個好徵兆。他環顧公寓（他以前從未來過），對於一片狼藉的景象大搖其頭。然後他望著你。

「明天是一週年。已經一年了。我們必須把她的骨灰撒到湖裡去。爹地希望你也在場。」

你點點頭。你知道日子快到了，雖然一直沒有看日曆，但你感覺得到這一天的臨近。你閉起雙眼，仰頭靠在沙發背上，放棄抵抗。

「阿曼達在哪裡？」他問。

「阿曼達？」你張開眼睛。

「你太太。高個子、金髮、苗條的那個。」

「她血拼去了。」

你們相對無言，就像從不知道多久以前便是如此了。你想著你的母親。你設法回憶起她生病前的樣貌。

「你完全把老媽忘了，我說得對不對？」

「別以為你可以審判我。」

「你也把爹地忘了。自聖誕節之後，你就沒再回家看過他了。」

「你何不閉上你的嘴巴。」

「你從不會為任何事情盡力，而你現在也不打算這樣做。學校、女孩、獎項、工作——它們全會自己掉到你的大腿上，是吧？老媽和爹地顯然不能為你做得更多。既然你是『什麼都不缺先生』，當然不會把別人放在心上。」

「全知[53]是個很沉重的負擔，麥克，我奇怪你是怎麼承受得了的？」

「去年『神奇先生』開著他的英國跑車像瘋騎士那樣開回家，僅僅趕上見他老媽最後一面，就像是去參加某個他不想早到的紐約爛派對。」

「閉嘴。」

「別叫我閉嘴。」

「好，我不叫你閉嘴。我來讓你閉嘴如何？」

你站起來。麥克跟著站起來。

「我要出去。」你說著，轉過身。你幾乎看不見往門口去的路，只感到眼睛朦朧朧。你的膝蓋撞到一把椅子。

「你哪裡都別想去。」

麥克在你去到門邊時攫住你的手臂。你把他的手甩開。他把你往門框推，讓你的頭撞在金屬上，然後又把你壓制住。你用手肘頂他的肚子，逼得他鬆開手。你轉過身，一拳揍在他臉上。你用來揍他的是那隻被白鼬咬過的手，這讓你痛得像是火燒。你站起來，要看看麥克有沒有怎樣。他也已經站起來。你的腦子只來得及閃過一個想法：**他要揍我**。

醒過來的時候，你發現自己攤在沙發上。你的頭痛得要命。你可以感覺出來，你挨揍的地方位於左太陽穴下面一點點。

這時麥克從廚房走出來，用一張紙巾摀住鼻子，紙巾上沾著血跡。

「你還好吧？」你問他。

他點點頭。「廚房的水龍頭需要裝個墊圈。滴水滴得唏哩花啦的。」

「阿曼達不是去血拼，」你說，「她甩了我。」

「什麼！」

「有一天她從法國打電話回來，說她不打算再回家了。」

麥克審視你的臉，要看你是不是說真的。然後他背靠著一把椅子，嘆了口氣。

「我不知道該說什麼。」他搖搖頭說道。「媽的。我很抱歉，真的很抱歉。」

---

53 「全知」是基督教用語，指上帝的無所不知。

麥克站起來，走到沙發前面，蹲了下來。「你還好吧？」

「我想念老媽。」你說。

晚班

麥克肚子餓而你口渴。你們一個提議出外覓食，另一個附議。上城區的全部人看似都來了下城區為週末夜找樂子。每個行人看起來都是剛剛好十七歲，並且躁動不安。在謝里登廣場，一個衣衫襤褸漢把貼在每根路燈柱的單張一一扯下，用十指撕碎，再用腳踐踏。

「他是怎麼回事，是有政治上的不滿嗎？」麥克問你。

「不是，他只是生氣。」

你們一路走到「獅頭」酒吧。你們走過那些總是在這裡喝醉的失意作家，去到燈光幽暗的後頭。你們坐下的時候，詹姆斯跳上了桌子。牠是老闆養的長毛黑貓。

「告訴你實話，我從未喜歡過她。」麥克說，「我覺得她裝模作樣。要是再給我看到她，我會把她的肺挖出來。」

你向女侍者凱倫介紹麥克，她則問你最近寫得如何。你點了兩杯雙份伏特加。她丟下兩份菜單，然後消失在轉角處。

「起初，我完全不能相信她真的丟下我，但現在則變成不敢相信自己當初竟會娶她。我剛剛才想起，老媽生病後，阿曼達對她的態度有多麼疏遠和冷淡。她的樣子就像是老媽的絕症惹得她不高興。」

「你認不認為，如果不是老媽生病，你有可能不會娶她？」

你曾經下過一個決定，不把你倆結婚的事和媽媽的病扯在一塊。起先你跟阿曼達住在紐約，而結婚在你的優先順序名單裡並未占有很高的位置（在阿曼達的名單則占有很高位置。因為你對於「無論疾病或健康都要相守在一起，至死方能分開」[54]存有疑慮）。然後，你媽媽被診斷出患有絕症，而一切變得截然不同。但你的初戀聲明已經發出了，而阿曼達也已是你公開承認的命中天女。老媽固然從未說過看到你結婚會讓她覺得快樂，但你卻太想要了，哪怕是赴湯蹈火、兩肋插刀都在所不惜……你想要她覺得快樂而她想要你覺得快樂。所以，說不定你是把她想要的和阿曼達想要的攪混在一起。

你本來以為自己熬不過喪母之痛。但你其實受到兩種責任拉扯，一是在媽媽火化時跳入火堆，另一是實現你的承諾，不要為她過度悲痛。不過你也知道，沒有任何做法可以同時滿足這兩種要求。你花了太多時間去預期，以致在她死去時，你根本不知道自己是什麼感覺。喪禮之後，你在自己的內在空間遊蕩，想找到一絲生命的跡象，但找到的只是空房間和白牆壁。你繼續等待悲慟的啟動。現在，你開始懷疑這悲慟是在九個月之後發現，那時，你把喪母之痛偽裝成被阿曼達遺棄的痛苦。

麥克點了牧羊人派。你把菜單推開。你們聊了往事和近況。你問了兩個雙胞胎弟弟的近況。彼得目前住在阿默斯特，席恩住在包德恩。然而在談過你在雜誌社經歷的苦難之後（包括最近的白鼬鬧劇），你問了麥克他的生意（修復老房子）做得如何。他說生意很好，目前正在新霍普修復一棟荒廢的馬車屋。

「我準備雇幾個人幫忙。也許你會感到興趣。最起碼可以換換環境。前後需要大約三、四星期。」

你告訴他你會考慮。你對他這份好意感到驚訝。麥克一直都覺得你是個手無縛

54 結婚時的宣誓詞。

雞之力的大少爺。他在二十歲的時候已經長得比你高大，所以對你的才智和學歷根本沒看在眼裡。

你們邊喝邊聊。在酒精的作用下，你倆的差異慢慢消失。你感覺，只要你和麥克和彼得和西恩和爹地團結在一起，便足以對抗這個世界。這家人一直悲傷逾恆，但你準備咬緊牙關，把它團結起來。你要忘了賤婦阿曼達，忘了那個救不了你媽媽的醫生，忘了克拉拉．蒂林哈斯特，忘了那個在你媽媽病榻前的牧師（他說：「在癌症死亡中，我們看見了些許美好」）。

麥克在幾杯黃湯下肚之後說：「我想要呼吸點新鮮空氣。」回家途中，你到一個朋友家走了走，他湊巧剩下半份好料，要價是便宜得要命的六十美元。你感覺自己基本上對這東西已經沒有克制不住的欲望，這一次你會買它，純粹是為了慶祝自己跨過了心情低谷。你有一點點醉，希望可以繼續聊，聊個沒完。

回到公寓之後，麥克大字形地趴在沙發上。「你本來應該告訴我們的。不然家人是幹嘛用的？」為了強調這一點，他在咖啡桌上捶了一拳，重說一遍：「不然家人是幹嘛用的？」

「我不知道。你想要來兩線嗎？」

麥克聳聳肩。「有何不可？」他看著你站起來，從牆上取下鏡子。「讓我極難受的是，」他說，「她剛死之後那段日子，我每次想到她，看到的都是她死前那副憔悴不堪和皮包骨的樣子。但現在，我想到她時都會是另一個畫面。我不記得是什麼時候的事，但那時你已經上了大學。有一天下課回家之後，我看到老媽正在後院耙落葉。當時是十月吧，而老媽身上穿著你那件滑雪隊的舊夾克，套在她身上大了大約六號。」說到這裡，他停了下來。他的眼睛閉上，讓你懷疑他是不是暈了過去。你把一些古柯抖到鏡面。麥克張開眼睛。「我記得當時的空氣味道，記得她頭髮上的落葉和背後的湖。現在我每次想起她，都是看到她穿著你的舊夾克耙落葉的畫面。」

「我喜歡這畫面。」你說。你可以想像出那幅情景。她穿那夾克已經穿了很多年。高中畢業後，你想把夾克扔掉，她卻把它拿去穿。你從未就這件事情多想，但如今卻感受到一股美好的暖意。

你把古柯弄成八線。麥克開始吸。你罵了一句，輕輕推他肩膀。他轉過身，把臉埋在沙發的靠枕裡。你吸了兩線後坐回椅子。一年前的同一個晚上，你徹夜沒睡，守在你媽媽的病榻旁邊。

在媽媽死前三天，當你看到她那形銷骨立的樣子，你以為你會昏過去。就連她的微笑都移位了。經過幾個月無謂的治療之後，醫生認定用藥再無意義，同意如果家人可以照顧得了，不如讓她回家。在你回到家之前，麥克和父親輪流照料了你媽媽一星期，兩人日夜輪班，精疲力竭。在媽媽臨終前的七十二小時，你負責晚班，從午夜一直照顧她到早上八點。你每四小時給她注射一針嗎啡，並盡可能減輕她的各種不適症狀。

雖然麥克早就警告過你媽媽變得多憔悴，但當你第一眼看到她時，仍然忍不住想要跑掉。但這驚恐不久就過去了，而你也很高興自己可以為她做些事。要不是有這段相處時光，你也大概不會完全了解她。最後幾晚她完全沒睡，所以你就一直陪她聊天。

「你吸過古柯鹼嗎？」她在最後一晚問你。

你不知道該如何回答。由一個媽媽之口問出這問題顯得很奇怪。但她快要死了，所以你就回答說你吸過。

「味道不賴。」她說，「在我還能吞嚥的時候，醫院除了給我注射嗎啡，還會給我吃些古柯鹼，用來減低憂鬱症狀。我還滿喜歡的。」

她一生從未吸過一根菸，只要喝兩杯酒就會醉。

她說嗎啡雖然可以減輕疼痛，卻會讓她昏昏沉沉。她想要保持清醒，想要知道自己到了哪個階段。

然後她又問：「年輕的男生都需要性嗎？」

你問她所謂的「需要」是指什麼。

「你知道我指什麼。我時間無多了，但有好多想知道的事情。在我長大的那個環境，性被說成是很可怕的事，是已婚女性必須忍受的煎熬。我花了好久才擺脫這種觀念。我有一種被騙的感覺。」

這之前，你一直以為你媽媽是最後的清教徒。

「你跟很多女孩睡過嗎？」

「真是的，媽。」你說。

「說吧，有什麼好隱瞞的？我但願更早之前便知道自己快死。那樣的話，我們就能對彼此有更多的認識。我們不知道的事情太多了。」

「好吧，我是跟一些女孩睡過。」

「真的？」她從枕頭上抬起頭。

「媽媽，我不想深入細節。」

「為什麼不想？」

「唔，我會覺得難為情。」

「我但願人們不會因為怕難為情而浪費時間。告訴我那是什麼感覺。」

你開始忘記她病懨懨的樣子，覺得她不知怎地變得年輕了，而且比你記得的任何時候都還要年輕。她身上那些憔悴的血肉彷彿只是幻象。你把她看成一個年輕的婦人。

「你覺得很享受？」她問。

「對，很享受。」

「你跟一些你不愛的女孩睡過。我想知道，你跟你愛的女孩睡會不會有不同的感覺？」

「有，感覺更棒。」

「莎莉．基根怎樣，你跟她睡過嗎？」

是站在自己的旁邊，冷眼旁觀著自己所做的一切，又納悶著是不是每個人都會有這種感覺。你告訴她，你總是相信別人對自己正在做什麼有著清楚概念，不會對「為什麼做這個」的問題太擔心。你們談到了你第一天上學的情景。你大哭不已，死抱著媽媽的腿不放。你甚至記得她的格子花呢家常褲是什麼觸感，記得你臉頰的酥癢感。她把你送到巴士站（這時她打岔指出，她當時並沒有比你更好受），但你卻躲到樹林去，直到巴士開過才走回家，告訴媽媽你錯過了巴士。所以，媽媽就親自開車送你上學，但你已遲到了一小時。每個人看著你帶了一個小筆記本走進教室，聽著你解釋遲到是因為錯過了巴士。當你最終坐下的時候，你意識到自己永遠不可能趕上別人。

「你不認為每個人多多少少都會有類似的感覺嗎？」她說，然後告訴你，她完全知道你用熱水去燙溫度計的詭計，但還是照樣讓你裝病，不去上學。「你是一個難帶的小嬰兒，難搞的小孩，真正的愛哭鬼。」然後你看到她皺起眉頭，在那片刻你還以為她是回憶起你哭鬧的情景。

你問她想不想打嗎啡，她說先別打。她想要保持頭腦清晰，想要繼續聊天。床頭板後面的窗戶開始出現縷縷灰白。你的父親、三個弟弟，還有諾雅阿姨睡在另外幾個房間。阿曼達留在紐約。

「我有比麥克和雙胞胎難帶嗎？」

「難帶多了，」她微笑著說，就像是在給你一個大大的誇獎。「非常、非常難帶。」接著她的微笑扭曲成苦笑，手指緊緊抓住被單。

你求她打一針嗎啡。

「先別打。」她說。待一陣疼痛過去後，你看見她的身體放鬆了下來。

她告訴你你襁褓時有多麼讓人受不了，會經常扔東西、咬人和哭一整晚。「你總是不容易睡著。有些晚上，我們得要帶你去開車兜風，好讓你睡著。」看來她對這些回憶感到愉快。「你這個人與眾不同。」

然後她再次瑟縮和呻吟起來。「握住我的手。」她說。你把手給她，而她握住你的力道超過你認為她能負荷的程度。「這痛……」她說。

「拜託啦，讓我幫妳打一針。」

你無法忍受繼續看著她受苦，感覺自己隨時會崩潰。但她要你再等等。

「這痛……」她說，「你知道這痛像什麼嗎？」

你搖搖頭。她沒有馬上說出答案。你聽到了早晨的第一聲鳥鳴聲。

「像我生你時的痛楚。聽起來很荒謬，但感覺上真是一模一樣。」

「你生我時很痛嗎？」

「痛死了，」她說，「你就像是不願意出來似的。我以為自己會撐不過來。」她從牙縫裡深深吸入一口氣，把你的手抓得更緊。「所以你知道我為什麼那麼愛你了。」你不確定自己是不是知道，但她的聲音是那麼微弱，似有若無，你不想打斷她的話。你握住她的手，看著她的眼皮眨動，希望她只是在做夢。四面八方都是鳥叫聲。你不認為自己曾聽過這麼多鳥在叫。

過一下子之後，她又開口了。她回憶起住在新罕布夏州曼徹斯特市一戶一房一廳公寓時的一個早上。「我站在一面鏡子前面，只覺得就像以前從未真正看見過自己的臉一樣。」你得湊得很近才聽得見她說什麼。「那感覺很怪異。我知道有事情要發生了，卻不知道是什麼事。」

她的思緒飄走了。她的眼睛半瞇著，但你看得出來她在看某個地方。臥室窗戶這時充滿日光。

「爸，」她說，「你怎麼會來這裡？」

「媽？」

她靜止了半刻，然後又把眼睛睜得大開。她緊繃的身體鬆開了。「疼痛走掉了。」她說。

那就好，你說。陽光看似一下子便全湧進了房間裡。

「你還是握著我的手嗎？」她問。

「對，還握著。」

「那就好，」她說，「別放開。」

最近可好？

你的公寓變得非常小間。麥克在沙發上打呼。你的頭腦被告解和頓悟的聲音敲打著。你追隨鏡面的粉末軌跡，想要讓一切事情根據一個設定碼匯聚到同一個點，變得可以交叉指涉。有一秒鐘時間，你興奮莫名，眼看著就要成功了，但古柯就在此時吸光了；當你吸完最後一線後，你在鏡子裡看到自己鼻孔裡塞著一張捲起的二十美元鈔票的醜陋樣子。近在眼前的終點站慢慢變遠。你不在乎，反正你知道光靠一個晚上，不可能把所有事情釐清。你興奮得無法再思考，也疲累得無法睡著。你擔心自己一躺下就會死掉。

電話忽然像警鈴一般響起。你在響第二聲時接了起來。從說話人的聲音和謎語般的措詞，你猜到他是泰德。他說他想約你在「奧第安」碰面。那邊正在舉行派對，而你受到邀請。你說你會在十分鐘內趕到。

你給麥克披了張毯子，給自己披了件夾克。你檢查了幾乎空空如也的皮夾，然後推門而出，再把大門鎖上。你一到街上便開始慢跑。在謝里登廣場一間二十四小時服務的行動銀行的門上，你插入一張塑膠卡片。蜂鳴器響起後，你推開門，走進一個顏色像多彩游泳池的空間。一個穿戰鬥迷彩裝的男人已經站在提款機前面，樣子就像在打電動，每個動作都表現出要提款機聽他話的意志。你心想，如果他再不快點，你就會把他殺掉。

最後，他轉過身，雙手一攤。「爛電腦。以這種速度，它們要怎樣統治世界！這臺該死的『花旗』玩意兒不可能在一個星期天早上占領過史德頓島。換你試試手氣吧。」這個新潮游擊隊員身上別著一個徽章，上面寫著：**我沒有你醉的想**[55]。

你當然不相信你這個提款同道懂得怎樣操作提款機，所以仍然抱著馬上可以取得現金的指望。你走上前，看到螢幕以西班牙文和英文兩種文字歡迎你，又問你

55 我沒有你醉的想（I'm not as think as you stoned I am）：這是一句笑話，取笑喝醉的人說話顛三倒四，把「我沒有你想的醉」（I'm not as stoned as you think I am）說成「我沒有你醉的想」。

選擇哪種語言。你選了「英文」，但什麼動靜都沒有。你再按一次按鈕，結果還是一樣。最後你按下每一個可按的按鈕，但螢幕只是繼續閃爍著相同的熱烈歡迎。你不是那種會敲打不聽話的自動販賣機的人，但這一次卻恨不得一拳打穿提款機的螢幕。你用力把每個按鈕壓入按鈕孔，又毫無意義地抬腿踢牆。污言穢語從你嘴巴吐出。你恨銀行。你恨機器。你恨外面人行道上那些白癡。

你帶著身上最後的五美元叫了一輛計程車。一旦開始移動之後，你的心情變得舒坦多了。

在「奧第安」下車時，你看見泰德和他來自孟斐斯的朋友吉米．Q正好走出來。吉米有一輛豪華轎車。你鑽了進去。吉米給了司機一個地址，接著車子便在下城區的街道騰雲駕霧。你敢說，你們是在掠過有色車窗的那些燈光所形成的通道前進。有些燈光有著朦朧的光暈，另一些燈光則是璀璨的水晶光柱，直插夜空。

車子最後停在一個貨倉前面。你聽到派對的音樂聲不停搏動，就像是有架直升機在空無一人的街道上空盤旋。你迫不及待地要上去。等電梯的時候，你不耐煩地用手指敲打門框。

「放輕鬆，」泰德說，「不然你身上的炸彈會引爆。」

你問他派對的主人是誰。泰德說出一個名字，又說這名字屬於一個速食王國的小開。

電梯直達貨倉的閣樓。這閣樓的面積約略相當於美國中西部一個州，至少人口數差不多。三面是窗，第四面牆全是鏡子。閣樓一頭設有吧檯和自助餐吧，舞池設在另一頭，地點位於靠近紐澤西的某處。

在吧檯處，泰德介紹一個女的給你認識。這個叫史蒂薇的女人穿著一襲扇貝底邊的黑色晚禮服，個子很高，留著金色長髮，脖子處纏著一條有穗的白色絲巾。

「你會跳舞吧？」史蒂薇問。

「妳猜對了。」

你牽著史蒂薇的手去到舞池，讓自己為它亂上添亂。艾維斯．卡斯特洛老是喊著「再勁一點」[56]，但你其實並不需要他的敦促。史蒂薇的身影在激烈的拍子中蜿蜒曲折，就像有幾個分身。你跳的是你的專利舞步「紐約力矩」。音樂聲大得足以把你兩耳之間的一切壓進你的脊椎再壓至全身骨骼，讓你可以透過指尖、大腿骨和

[56] 這是唱片歌聲。

腳趾把它們給抖出來。

史蒂薇兩根手臂搭在你肩上，不時親你。後來她說需要上個洗手間，你便到吧檯找酒喝。

泰德在那裡等著你。「你有看見我們的老朋友嗎？」

「哪個老朋友？」

「你那個曾經已故和尚未成為前妻的前妻。」

你的視線離開一堆酒瓶，掃視周遭。「你說阿曼達？」

「除了她還有誰？她那張臉可以引發一千個人湧進布盧明代爾百貨。」

「她在哪？」

泰德把手放在你後腦勺，把你的頭轉向站在電梯出口附近的一小群人。你看見的是阿曼達的側面，她離你不到二十英尺。起初，你以為她只是長得像阿曼達，然而，當她把一隻手舉到肩膀，開始把一綹頭髮捲在指尖之間時，你再無懷疑。她的經紀人以前常常說，她這種習慣遲早會把她的一頭美髮毀掉。

還不是採取行動的時候，你想。

她穿著緊身女褲和銀色的無袖夾克。她旁邊站著一個來自地中海的大塊頭，穿著雪白絲襯衫，一副有產者的神氣。你看見他因為阿曼達說了什麼而笑起來，又伸手捏了她屁股一把。

皮耶是例外。所謂床笫遺棄正活靈活現地擺在你眼前。

那男人看起來像是在西元前三五〇年由伯拉克西特列斯[57]雕刻而成，之後又在一九四七年經派拉蒙公司潤色過。你懷疑他的魁梧體格是真貨還是化妝效果。如果你扯爛他耳朵，他的反擊會有多迅速？

「那個油膩佬[58]是誰？」泰德問。

你伸手拿過一瓶酒，給自己倒了一大杯。「一定是幸運的皮耶。」

「我在哪裡看過他。」

「準是在《紳士季刊》。」

「不是，我在紐約哪裡見過他，我敢百分百肯定。」泰德自顧自地上下點頭，就像設法要勾起一個記憶。「我是在某個派對上見過他。有沒有看見他毛茸茸胸口

[57] 古希臘雕刻家。

[58] 一般人認為義大利人不常洗澡，滿身油膩膩。

上掛著的古柯鹼調羹？」

「我不想知道有關他的事。」

「阿曼達不是他的姘頭。他的姘頭是另一個騷貨。」

這時史蒂薇上完洗手間回來。「我們的舞棍原來在這裡。」她說。

「我不需要藉由跳舞來顯示自己是個傻瓜[59]。」

泰德說：「準備好接受衝擊吧，教練。她正在走過來。」

果不其然，一個活生生的阿曼達來到你的面前。

她用義大利文說：「哈囉，帥哥。」又在你來不及反應以前吻了你的臉頰。

她瘋了不成？難道她不知道，你是拚了最大的努力才把掐死她的衝動給壓抑住？

她又以相同的仁慈吻了泰德。泰德把史蒂薇介紹給阿曼達認識。眼前的事情讓你難以置信。難不成你們是要辦一個和樂融融的派對！

「那位是妳的義大利種馬嗎？」泰德問，向阿曼達先前站過的地方仰了仰下巴。「還是說是妳的希臘種馬或法國種馬？還是說他是個濕背佬[60]。」

「他是奧德修斯，」阿曼達說，「我的未婚夫。」

「奧德修斯，哦，原來是希臘人[61]。」泰德說。你但願他閉嘴。

阿曼達微笑地看著你，就像你是個舊識，但卻一時想不起名字來。她有沒有打算至少就你去她的時裝表演鬧場一事責備你？

「最近可好？」她說。你瞪著她，想要從她那雙藍色大眼睛裡找出一絲諷刺意味或羞愧意味。

「最近可好？」你把她的話重說一遍，笑了起來。她也跟著笑。你猛一拍大腿。她想知道你最近可好。真是個有趣得要命的問題。阿曼達真是搞笑能手。你笑得那麼厲害，害得自己嗆到。史蒂薇幫你拍背。但你一回過氣便又笑了起來，而且笑得更加厲害。阿曼達看來被嚇到了。她不知道自己有多風趣。你想告訴她，她比一木桶的猴子還要搞笑[62]，但卻無法說話。你大笑不止。人們忙著幫你搥背。真是有趣。一切都是那麼的風趣，以致你可能會笑死。你無法呼吸。你甚至什麼都看不

[59] 前面「舞棍」的原文為dancing fool，原指熱愛跳舞的人，但照字面可解作跳舞傻瓜。
[60] 指非法進入美國的墨西哥人。
[61] 奧德修斯原是古希臘傳說中的英雄。
[62] 英語中有「搞笑得像一木桶猴子」之說。

見。

「喝水吧，」泰德說。他一隻手摟著你肩膀，另一隻手拿著塑膠杯。「請各位騰出些空間來。」他對四周圍觀的人說。你沒看見阿曼達。

「怎麼回事？」史蒂薇問。

「他癲癇發作，」泰德說，「我懂得怎麼處理。」史蒂薇點點頭，帶點怕怕的表情走開。

「我不是癲癇發作。」你說。

「對，你不是癲癇，只是情緒癱瘓。」

「我真不敢相信。」你說，「『最近可好？』你能相信她竟會這樣問嗎？」你又開始笑了起來。

「休息一下吧，教練。」泰德說著，把你攙扶到一把密斯椅去。「如果你覺得『那樣』叫好笑，那我就來給你說一件更好笑的事。」

「什麼事？」

「奧德修斯的事。你還記得這個人嗎？」

「我怎麼可能會忘記？」

「我終於想起來在哪兒見過他了。」

「他捏了阿曼達屁股一把。」

「不管怎樣，先聽著。我的廣告公司有一個客戶，名字就不必提了，反正是個老女人，她在亞特蘭大經營一家公司，每年都會來紐約兩三次，做做臉啦、接受我們公司的免費招待之類的。她自然會希望晚上有人陪。所以，她每次來，我們都會找一家叫『打電話叫一個壯男』的小服務社幫忙。它專門提供男性伴遊服務，是業界中的翹楚。注意，『伴遊』這個用詞完全不符合我一貫的措詞謹慎作風。不管怎樣，一年前我們打電話叫來的壯男不是別人，就是奧德修斯。」

「別逗我開心了。」

「是真的。當時我必須作陪兩晚，不消說的是，阿拉格什特快車兩晚都快到出軌了。那傢伙的服務費用由我公司支付，而他提供的服務當然不只是風趣的談話。」

你又開始笑的時候，泰德說道：「小心別嗆著。」但是你的笑已經處於控制之下了。

「打電話叫一個壯男。」

「就是這樣。」

「打電話叫一個能操的壯男。」

「就目前的情況看來，奧德修斯算盤打得很精。事情的笑點正在於此。」

「阿曼達終於找對人了。」你說，只希望你會覺得這事情更好笑一點。你需要用笑來讓自己脫離沉重的身體，帶你從這地方飄走，飄到城市的上空，直至一切的醜陋和痛苦縮小成微弱的星光為止。

「我不知道該怎麼想。」你說，「事實上我覺得這事與其說好笑，不如說是悲慘兮兮。」

「別把好的同情心用錯地方。」泰德說。

「史蒂薇呢？」

「那是另一則引人傷感的故事。你會想要避之大吉的，教練。」

「為什麼？」

「原名史蒂夫的史蒂薇在幾個星期前動了他的第三次手術，幾乎可以以假亂真了，對不對？」

「你以為我會信這個？」你在腦海裡重播史蒂薇的音容笑貌。「鬼扯。」

「我騙你幹嗎？不信的話可以問問吉米．Q。不然你以為他脖子上為什麼要纏條絲巾？亞當的蘋果[63]是去不掉的。」

因為被泰德耍過許多次，所以你不敢肯定他這一次是不是認真的。但你對史蒂薇的染色體的好奇心已經枯竭。夜已深得讓你懶得管她是男是女。

「我本來就準備要提醒你。」

「謝了。」你站起來。

「放輕鬆點，教練。」他用一根手臂摟著你肩膀。

「我剛領悟到一件事情。」

「什麼事？」

「你和阿曼達會是絕配。」

「我猜你的意思是你打算一個人去面對奧德修斯。」

「晚一點不遲，泰德。」

[63]指喉結。

貨倉閣樓的一個角落設有幾間臥室。頭兩間被古柯粉絲和熱烈的交頸者盤據。第三間是空的，床頭櫃上放著一部電話。你從皮夾裡找出電話號碼。

「現在是幾點？」薇琪在認出你的聲音後問你。「你在哪裡？」

「很晚了。我在紐約。我只是想找個人聊聊。」

「讓我猜猜，你是和泰德在一起。」

「我『先前』與泰德在一起。」

「現在聊天有點太晚了。發生什麼事了嗎？」

「我只是想告訴妳我媽死了。」你本來不想這麼唐突。你推進得太快了。

「天啊，」薇琪說，「我很遺憾。我不知道她……幾時的事？」

「一年前。」就是那個**失蹤者**。

「『一年』前？」

「我先前沒告訴妳，所以現在想告訴妳。我覺得這很重要。」

「我很遺憾。」

「沒事了。我沒有太難熬，我意思是說我本來很難熬。」你無法把想說的話表達清楚。「我真希望妳倆能夠見見面，妳們一定能談得來。她的頭髮跟妳很像，還不只是這樣。」

「我不知道該說些什麼。」

「我還有另一件事要告訴妳。我結過婚。那是個大錯特錯，但已成過去。我想要讓妳知道，免得妳會覺得這個離別很重要。我喝醉了。妳認為我應該掛電話了嗎？」

在接下來的沉默中，你可以聽到長途電話線的微弱嗡嗡聲。「別掛，」薇琪說，「我目前想不出來要說什麼，但我會繼續聽你說話。我有一點點困惑。」

「我一直設法不去想她，但現在終於明白，想她才能報她的恩。」

「等等，『她』是誰？」

「我媽。忘掉我太太吧。我說的是我媽。知道自己得了癌症之後，她對我和麥克說……」

「麥克？」

「麥克是我弟弟。她要我們答應她，如果她痛得無法忍受，我們就得幫忙她結束一切。我們有嗎啡的處方箋，所以這是選項之一。然後，她的情況真的變得很糟。我問她意見時，她說：即使一個人快死了，這個人對還活著的人仍然負有責任。她這話讓我不勝驚訝，因為一直以來，我都以為是我們該對死者負責任。我是說活著的人。你明白我的意思嗎？」

「也許。但我目前不能斷定。」

「我明天早上可以再打給妳嗎？」

「好啊，就明天早上。你現在真的沒事嗎？」

你感覺你的腦子就像是正在設法找出一條逃離你頭顱骨的路。你幾乎害怕所有的一切。「我沒事。」

「那就去睡吧。睡不著再打給我。」

第一道曙光映照出遠在島嶼尖端的世貿中心的輪廓。你轉過身，往反方向，朝上城區而去。馬路上有些地方的瀝青已經磨蝕掉了，以致下面的卵石裸露在外。你想到，第一批荷蘭移民的木鞋曾經踩過這些石頭；更早之前，阿岡昆印第安人曾勇敢地在靜寂的小徑追蹤獵物。

你不太確定你要往哪裡去。你不認為你有力氣可以走到家裡。你的腳步愈來愈快，因為你知道，當陽光逮住你的時候，你將會發生可怕的化學變化。

幾分鐘之後，你注意到你手指上有血。你把手舉到面前。你襯衫上也有血。你從夾克口袋裡找出一塊紙巾，把它摀在鼻子上，然後斜仰著頭繼續往前走。

去到隧道街的時候，你認為自己永遠不可能回到家了。你尋找計程車。一名流浪漢睡在一家未開張的店面遮陽棚下面。你經過的時候，他抬起頭說：「願上帝祝福你和寬恕你的罪。」你等著他向你討施捨，但他卻沒開口。你寧願他先前什麼都沒說。

轉過街角的時候，你殘存的嗅覺官能向你的大腦發送出一個訊息：出爐麵包。附近有人在烤麵包。你聞得到那味道，哪怕你的鼻子正在流血。你看到一些麵包車停在下一條街一棟大樓前面，一個手臂刺青的男人正在那裡的裝卸升降臺搬運一袋袋麵包。他會在大清早工作，是為了讓普通人早餐時有新鮮麵包可吃。正派的人會在晚上睡覺，在早上吃蛋。現在是星期天早上，而你從……星期五晚上起便沒吃過東西。你走近時，麵包的香氣像一陣溫雨那樣沐浴你。你深深吸氣，讓麵包香充滿你的肺腑。眼淚從你的眼睛溢出，你感到一股柔情和憐憫在你體內急速湧起，你必須扶住一根電燈柱才不致跌倒。

麵包香氣讓你回憶起另一個早上。當時你開了大半夜的車，從大學校園回到家

（那時候你剛開始喜歡回家）。走進屋時，廚房裡瀰漫著同一種香氣。你媽媽問你今天是什麼日子，怎麼會突然跑回家來。你說是一時起意。你問她是不是在烤麵包。「你是在大學裡學會推理的，對不對？」她說。又說幾個兒子都離家在外，她總得找些事情做好打發時間。你說你算不上真正離家在外。你倆在廚房裡坐下來聊天，而麵包沒多久就開始烤焦了。就你記憶所及，你媽媽之前只烤過兩次麵包，而兩次都烤焦。不管怎樣，她還是切下兩片厚麵包讓你嘗嘗。你發現只有外皮燒焦，裡面則溫暖而濕潤。

你走近那個在裝卸升降臺工作的男人。他停下手邊的工作，望著你看。你兩條腿走路的方式似乎有些不對勁，你也懷疑你的鼻子還在流血。

「麵包。」你對他只說了這個字，哪怕你想說的不只這些。

「你給的第一個提示是什麼？」他說。你猜他一定是個為國家打過仗的人，而且是住在城外某處。

「可以給我麵包嗎？一片也好。」

「走開。」

「我用我的太陽眼鏡跟你換。」你說，脫下眼鏡交給他。「是『雷朋』的。盒子我弄丟了。」他把眼鏡戴上，搖頭晃腦了幾下，然後把眼鏡摺起，插在襯衫口袋。

「瘋子。」他說，轉身往貨倉瞄了一眼，然後撿起一條硬麵包，扔在你腳下。

你雙膝跪下，撕開袋子。溫熱麵團的氣味籠罩你全身。咬第一口時，你因為把麵包在嘴巴裡塞得太深，差點窒息。你必須慢慢來。你必須把一切從頭學起。

國家圖書館預行編目資料

如此燦爛，這個城市／傑伊・麥金納尼(Jay McInerney)著,梁永安譯. -- 初版. --臺北市：寶瓶文化, 2013. 02
面； 公分. --(Island；194)
譯自：Bright Lights, Big City
ISBN 978-986-5896-21-8（平裝）

874.57 102002904

Island 194

如此燦爛，這個城市

作者／傑伊・麥金納尼(Jay McInerney) 譯者／梁永安
外文主編／簡伊玲

發行人／張寶琴
社長兼總編輯／朱亞君
主編／簡伊玲・張純玲
編輯／禹鐘月・賴逸娟
美術主編／林慧雯
校對／禹鐘月・呂佳真・劉素芬
企劃副理／蘇靜玲
業務經理／盧金城
財務主任／歐素琪 業務助理／林裕翔
出版者／寶瓶文化事業有限公司
地址／台北市110信義區基隆路一段180號8樓
電話／(02) 27494988 傳真／(02) 27495072
郵政劃撥／19446403 寶瓶文化事業有限公司
印刷廠／世和印製企業有限公司
總經銷／大和書報圖書股份有限公司 電話／(02) 89902588
地址／新北市五股工業區五工五路2號 傳真／(02) 22997900
E-mail／aquarius@udngroup.com

法律顧問／理律法律事務所陳長文律師、蔣大中律師
如有破損或裝訂錯誤，請寄回本公司更換
著作完成日期／一九八四年
初版一刷日期／二〇一三年二月
初版三刷日期／二〇一三年二月二十六日

ISBN／978-986-5896-21-8
定價／二八〇元

BRIGHT LIGHTS, BIG CITY
by Jay McInerney

AQUARIUS 寶瓶 文化事業

愛書人卡

感謝您熱心的為我們填寫，
對您的意見，我們會認真的加以參考，
希望寶瓶文化推出的每一本書，都能得到您的肯定與永遠的支持。

系列：Island194　　**書名：如此燦爛，這個城市**

1. 姓名：＿＿＿＿＿＿　性別：□男　□女

2. 生日：＿＿年＿＿月＿＿日

3. 教育程度：□大學以上　□大學　□專科　□高中、高職　□高中職以下

4. 職業：＿＿＿＿＿＿

5. 聯絡地址：＿＿＿＿＿＿＿＿＿＿＿＿＿＿＿＿

聯絡電話：＿＿＿＿＿＿　手機：＿＿＿＿＿＿

6. E-mail信箱：＿＿＿＿＿＿＿＿＿＿＿＿

□同意　□不同意　免費獲得寶瓶文化叢書訊息

7. 購買日期：＿＿ 年 ＿＿ 月 ＿＿日

8. 您得知本書的管道：□報紙／雜誌　□電視／電台　□親友介紹　□逛書店　□網路　□傳單／海報　□廣告　□其他

9. 您在哪裡買到本書：□書店，店名＿＿＿＿＿　□劃撥　□現場活動　□贈書　□網路購書，網站名稱：＿＿＿＿＿　□其他＿＿＿＿＿

10. 對本書的建議：（請填代號　1. 滿意　2. 尚可　3. 再改進，請提供意見）

內容：＿＿＿＿＿＿＿＿＿＿

封面：＿＿＿＿＿＿＿＿＿＿

編排：＿＿＿＿＿＿＿＿＿＿

其他：＿＿＿＿＿＿＿＿＿＿

綜合意見：＿＿＿＿＿＿＿＿＿＿＿＿＿＿＿＿＿＿＿＿

11. 希望我們未來出版哪一類的書籍：＿＿＿＿＿＿＿＿＿＿＿＿

讓文字與書寫的聲音大鳴大放

寶瓶文化事業有限公司

（請沿此虛線剪下）

廣 告 回 函
北區郵政管理局登記
證北台字15345號
免貼郵票

寶瓶文化事業有限公司　收

110台北市信義區基隆路一段180號8樓

8F,180 KEELUNG RD.,SEC.1,

TAIPEI.(110)TAIWAN R.O.C.

（請沿虛線對折後寄回，謝謝）